目次

夏の吐息

秘めごと

クリスマスも間近い日の昼さがりだった。

年代ものの古めかしい灯油ストーブの上で、薬罐がやわらかな湯気を上げている。昼食後の煎茶でもいれようと、美年子が急須を手にして立ち上がった時、電話が鳴った。

「お忙しいところ、すみません。あたくしです」と千春はいつもの、どこかしら固いような口調で言った。耳障りなほど甲高い声のわりには、喋り方がぽきぽきと小枝を折るように聞こえるので、何を話していても堅苦しく聞こえる。「今、ちょっと話していてもいいですか。お食事の時間だったら、かけ直しますけど」

まだ充分に若く、姿かたちも愛らしいのに、この奇妙な堅苦しさと気取りが時に客から敬遠されるのだ、と不甲斐なく思いつつ、美年子は「かまわないわよ」と言った。「たった今、おひるをすませたところだから。どうしたの？　何かあった？」

「ゆうべ、遅い時間にみえたお客様のことでお伝えしたいことがあって」

「なあに？」

「初めてのお客様だったんですけど、その方、ママに会いたくて、お店にいらしたらしいんですよ。ママがいないんで、ものすごくがっかりなさってました」

「昔の常連さんかしら。なんて名前？」

「ええっと、町沢（まちざわ）さんです。町沢繁（しげる）さん」

美年子が黙っていたので、聞こえなかったと思ったらしく、千春はもう一度、繰り返した。「町沢繁さん、っていう方です。お年のほうは五十くらいかな。どっかで見たこともあるような気がするけど……どうしても思い出せなくて。背が高くてすらっとした、素敵な紳士。ママのお知り合いでしょう？」

「……まあね。で、その人がどうしたの」

「ママは最近結婚して、今はお店のオーナーとして落ちつかれてしまったし、もうお店にはめったに顔を出さなくなったんですよ、って申し上げたら、そうですか、って。気の毒なくらい、残念そうでした。とってもお目にかかりたかったのに、って」

「それだけ？」

「え？　あ、はい」

なんだ、と美年子は言い、せかせかと笑ってみせた。「もっとすごい話なのかと思った」

「お出ししたウィスキーの水割りをぐいっと飲んで、じゃあ、僕はこれで、って。お店にいたのは、十分くらいかしら。いえ、もっと短かったかも。他には何のお話もしないで、帰り際に名刺を置いていかれたんですけどね。途中で気づいて、そこに大急ぎで携帯の番号をお書きになって。近いうちに、是非これをママに渡してほしい、って。忘れたりしないでほしい、って」

肩書が何も印刷されていない名刺だったのだろう、と美年子は思った。もしも肩書があったのだとしたら、千春にも町沢という男が何者なのか、わかったはずだ。

古い知り合いなのよ、と美年子は無関心さを装って言った。「昔の私の友達のね、そのまた友達だった人。あなたがうちで働き始める前に、何度かお店に来てくだすってたの」

「そうなんですか。いただいた名刺、どうします？　明日は土曜日でお休みだし、私、お届けにあがりましょうか」

今、この場ですぐに、町沢の携帯の番号だけを読み上げてほしいような気持ちにかられた。だが、美年子はそれを口にしなかった。

「何かのついでに郵送してちょうだい。忙しい時期なんだから、名刺一枚届けるのに、わざわざ鎌倉くんだりまで出向いてくれなくたっていいわよ」

「ついでに久しぶりにママと会いたいな、なんて思って」

「よく言うわ。どうせ、目当ては私じゃなくて、小町通りのお寿司なんでしょ」

「当たりぃ」と千春は言い、ふいに二十九歳の女にふさわしい華やいだ笑い声をあげた。「でもそれはまたの機会にしますね。名刺、すぐにお送りします。じゃあ、これで。お邪魔しました。失礼します」

美年子はコードレスホンをテーブルの上に戻した。

町沢が何故、という思いにかられた。あれから七年。その間、年賀状のやりとりすらしてこなかった。ここにきて急に、何か話したいことでもできたのだろうか。

その日、美年子の一人の昼食は温麵（ウーメン）だった。汁まですっかり飲みほした温麵の、黒塗りの椀の縁に、乾いたミツバの葉がこびりついている。椀と箸とを台所に運び、洗い桶に入れて洗い始めた。

曇り空の小寒い日だった。台所の流しについた小窓の向こうに、冬枯れの木立が見える。北鎌倉の路地の奥。家の敷地の外は雑木林になっていて、秋の間に舞い落ちた枯れ葉が堆（うずたか）く積み上げられているのが寒々しい。

そうか、と美年子はふいに口に出して言った。言いながら、水道の蛇口レバーを勢いよく元に戻した。水音がやみ、ぽたり、と洗い桶の中に落ちる水滴の音が大きく響いた。

台所の壁にはカレンダーが下げられている。美年子は大きく首を回して振り返り、カレンダーを凝視した。

桐子(きりこ)の命日は十二月三十一日の大晦日(おおみそか)である。あと二週間ほどで、今年もまた、その日がめぐってくる。忘れていたわけではない。それどころか、今朝も桐子のことを思い出し、大晦日の墓参の手順などについて、ひとしきり考えを巡らせたばかりである。

濡れた手をタオルで拭いて、美年子は吐息をついた。町沢が自分の前に現れるなど、考えてもみなかった。だから、町沢の出現と桐子の命日が結びつかなかっただけなのだ。

毎年、三月の彼岸が近づくと、桐子の墓の花筒に白いフリージアの花が活けられるようになってから長い。どういうわけか、フリージアの花があるのは、三月の彼岸の時に限られた。九月の彼岸にはあったためしがない。

それを見つけるたびに、美年子は慌(あわ)てて片づけてきた。死んだ桐子の夫で、今の美年子の夫でもある長一郎の目に触れさせまい、としたからだった。

フリージアを手向けたのが町沢であることはわかっていた。町沢のほうでもまた、自分がそんなふうにして年に一度、桐子の墓参りを続けていることを、無言のうちに美年子に向かって知らせようとしてきたのかもしれなかった。

当時、桐子にも町沢にも家庭があった。桐子はもちろんのこと、町沢もまた、家庭を壊さずに桐子と関わり続けた。今頃になって桐子との交際が妻に知られ、町沢の家庭で何かの騒ぎが起こったとは考えにくい。そうだったとしても、そんなことを大の男がわざわざ、故人の旧い友人に打ち明けに来るとも思えなかった。

何なのだろう、と美年子は訝った。桐子の死後、七年目の命日を前にして、何か伝えたいことでもできたのだろうか。

友人が、文字通り死ぬまで隠し通した秘密の恋について、美年子は頑固に沈黙を守ってきた。誰にも口外していない。今もなお、自分一人の胸におさめ、封印しながら生きている。

何のために、と誰かに問われてもおそらくは答えられないに違いない。友達と交わした約束は守らねばならない、とする意識は希薄だった。長一郎の手前、彼の気持ちを慮ってそうしているわけでもなかった。

むしろ、そんなことはどうでもいい。美年子はただ、人生にはかくも様々な嵐のようなことが起こるという事実を知っていて、そのことをたった一人、ひそかに胸にしまっておきたいと思っているに過ぎなかった。

美年子が銀座で「バー・みね」をオープンしたのは、二十四年前、三十の時だった。それまで勤めていた小さなクラブから独立し、得意客などほとんどゼロの状態から店がここまで繁盛したのは、奇跡に近いことだった、と美年子は今も思っている。

もともと商売っ気はなく、客あしらいがうまかったわけでもない。人の前に出て会話をリードするのは苦手だったし、どちらかといえば、話し上手な先輩ホステスの後ろについて、にこにこと相槌(あいづち)を打っているほうが性に合っていた。

自分一人の店を持ちたい、と思ったのも、野心にかられてそうしたのではなく、ただなんとなく、水が流れるように自分のペースで生きていきたくなったからに過ぎなかった。贅沢(ぜいたく)な暮らしにはさほどの興味もなく、細々と小金をためるのは昔から得意であった。

間に立って口を利いてくれた人がいて、まもなく六坪ほどの小さな、個室と呼んだほうがいいような店が手に入った。前に勤めていた店の同僚からは、やっかみまじりに「みねちゃんみたいな欲のない人に、お店の切り盛り、できるのかしら」と言われたが、気にしなかった。

できないのなら、それはそれで仕方ない。にっちもさっちもいかなくなる前に、潔く店をたたみ、新潟の実家に帰って、長兄が経営している小さな食堂の賄いでもやろう、と心に決めていた。長兄とは子供のころから仲がよく、いつでもこっちに帰って来いよ、と言われている。

失敗も成功も考えずに、漫然と始めてみた店ではあったが、開店まもなく、ぽつぽつと客が入り出した。一見の客でも入りやすい店構えだったせいか、美年子自身に、自分でも気づかずにいた能力があったせいか。あるいは、ただ単にめぐり合わせがよかっただけなのか。その理由は今もってわからない。

客がまた別の客を連れて来て、常連が増えていった。そのほとんどが上質の客であった。狭い店に客が途絶えたためしがなく、客同士が新たに知り合いになったりなどして、さらに人の輪が拡がっていった。そうした風景を眺めながら、美年子は他人事のように不思議な思いにかられたものだった。

初めは美年子一人で何から何までやっていたが、やがて手が足りなくなり、バーテンを一人、雇い入れた。時代遅れを絵に描いたように、律儀で生真面目な男だった。

雇い始めた時はまだ三十五そこそこだったのに、今では彼も還暦間近で、孫が二人いる。死ぬまでママのところで働かせてください、と言われていて、美年子にはその言葉が心強い。

浦部（うらべ）桐子が初めて美年子の店にやって来たのは、かれこれ十一年前。美年子が四十三になった年の冬である。桐子を従えて現れたのは、店の常連でもある、料理評論家の樺山（かばやま）という男であった。

「はじめまして、ようこそいらっしゃいました」

美年子が桐子に近づいて行って挨拶すると、桐子は背筋を伸ばし、きれいな笑みを浮かべて会釈を返してきた。華奢（きゃしゃ）な身体つきなのに、顔はふっくらしており、笑うと片方の頬に小さな笑窪（えくぼ）ができる女だった。仕立てのよさそうな、スモークグレーのパンツスーツがよく似合っていた。

名前を聞けば誰でも知っている大手出版社で、月刊婦人雑誌の編集に携わっている、と紹介された。渡された名刺には、「副編集長」の肩書があった。樺山のロングインタビューと撮影を済ませてきたところなのだ、という。

「なんだ、お仕事だったんですか」と美年子は桐子の隣にいた樺山をからかった。

「こんな美人を連れていらっしゃるから、樺山先生の恋人なのかと思いましたよ」

「そうだといいんだけどねえ」と樺山は破顔一笑し、酔いに揺れた目で桐子の腰のあたりをぬめるように見た。「この人、いくら口説いてもその気になってくれないんだ。ママからもなんとか言ってよ。人妻だからって、そんなに固くならなくてもいいのに、ってさ」

桐子はくすりと笑い、美年子に向かって「先生、酔ってらっしゃるんです」と言った。「さっき、食事をした時に、お一人でワイン一本は空けちゃったみたいですから」

「そんなに飲んでないよ。浦部くん、きみのほうだよ、飲んだのは。一人で飲んでただろう。いくら飲んでもけろっとしてさ。顔色ひとつ、変わんない。そんなに僕のこと、嫌い？　こんなに口説いてんのにさあ。編集長が怖いの？　旦那さんが怖いのぉ？　僕と子供を作ろうよ。僕だったら、今すぐここで、双子でも三ツ子でも作ってやれるよぉ」

「あらあら、ほんと。やっぱり先生、酔ってるわ」美年子はそう言い、酔眼朦朧(すいがんもうろう)とし始めた樺山のためにクッションを持ってきて、頭にあてがってやった。樺山はクッションにもたれて、すぐに寝息をたて始めた。

その晩、珍しく他に客はいなかった。美年子は桐子の水割りを新しく作ってやり、

「お仕事だとはいえ、大変ですね」と言って微笑んだ。「素面の時はほんとに紳士なんだけど、ここだけのお話、樺山先生、酒癖がいいとは言えなくて。特に女性に」

「そうみたいですね」と桐子は言い、眠った赤ん坊でも見るような目で樺山を見てから、視線を美年子に移した。「でも、私なんかよりも、こういうお仕事されてると、もっといろいろな男の人、ご覧になるんじゃないですか?」

「それはもう。見すぎてげっぷが出るくらい」

あはっ、と桐子は笑い、寛いだ仕草で足を組んだ。「煙草、ありますか」

「ありますよ。何がいい? 私も吸うの。銘柄を指定してくだされば、買って来させるし、もし私が吸ってるのでもよければ……」

そう言いながら、美年子が愛飲している煙草のパッケージを持って来ると、桐子は少女のように両手をぱんと打ち鳴らし、あ、それ、と言った。「私もそれが好き。いいですか、いただいて」

「どうぞどうぞ」

気の合いそうな女だな、と美年子はその時思った。波長が合う。そういうことは、相手が男でも女でも、美年子にはすぐにわかる。

桐子は酒に強く、ウィスキーの水割りを何杯か飲んでも、顔色ひとつ変えずにいた。聞き上手ではあるが、相手に質問されれば自分のことを正直に話す。質のいい冗談を飛ばすことも忘れない。よく笑い、少女のように熱心にうなずく。

美年子が、自分の小学校時代の給食の話を始めると、桐子は「脱脂粉乳が好き、っていう子、いませんでした?」と聞いて、げんなりした顔をしてみせた。「私のクラスにいたんですよ。男の子だったんだけど、この世で一番好きなものが脱脂粉乳だ、っていう変人でね。先生に知られないように、私、その子にこっそり自分の分をあげたりしてたな」

「いたいた、そういう子、私のクラスにも」と美年子は言った。

そしてほとんど同時に、同じことに気づいた、とでも言わんばかりに、美年子と桐子は、冗談めかして相手を探るような目つきをし合った。

「ひょっとして」と美年子が言いかけると、桐子はそれを受けて、「同世代?」と聞き返してきた。

二人は笑い声をあげ、互いの生まれ年を口にし合った。昭和二十三年生まれ、七月という生まれ月まで、一緒であった。

「またいつでもいらしてね。今夜はとっても楽しかった。女性一人のお客様でも、うちは大歓迎なんですよ」

帰り際、酔いつぶれた樺山を協力してタクシーに乗せ、美年子がそう耳打ちすると、桐子は大きくうなずいて、「是非」と目を輝かせた。

それから桐子は一人で店にやって来るようになった。たいていは早い時間に来て、客がたてこんできたのを見計らっては帰って行く。

遅い時間に来る時は残業の後であることが多かった。桐子はジュースでも飲むようにして美味そうにごくごくと水割りを飲み、ここに来るとほっとするわ、私って、男みたいね、と言って、高らかに笑うのだった。

急速に親しくなったのは、土曜日の夜、誘い合わせて映画を観に行き、帰りに青山のイタリアンレストランで食事をした時からである。

細身のジーンズに黒のレザージャケット、という若々しいいでたちだったその晩の桐子は、食後酒のリモンチェッロに少しずつ口をつけながら、「ああ、やだ」と伏し目がちに言った。「このままでいると、私、全部、みねちゃんに話してしまいそうになる」

「何のこと?」

「絶対に誰にも言わないでおこうと決めてたのよ。死ぬまで誰にも言わないで、お墓の中にまで持っていこうと思ってた。でも変ね。みねちゃんとこうやってると、全部聞いてほしいような気分になって、もう我慢しきれなくなっちゃいそう」

「思わせぶりね。何なのよ」

笑ってそう聞きながらも、美年子にはおおよその見当がついていた。女が女を観察する時の鋭さは本能に近いものがある。初めて会った時から、美年子は桐子の中の、抑えても抑えても抑えきれずに迸り出てしまうような、何か熱くたぎるようなものを感じとっていた。

店内には古めかしいカンツォーネが流れていて、蠟燭の灯されたテーブル席を埋めている客の大半が若いカップルだった。

「ねえ、あなた、恋をしてるんじゃない？」

飲みほしたエスプレッソのカップをソーサーに戻しながら美年子が軽やかにそう聞くと、桐子は小娘のように顔を赤らめた。「どうしてわかるの」

「輝いてるもの。きらきらしてる。隠し通してるつもりでも、頭隠して尻隠さず、ってところね。全部見え見え」

「いやだ、みねちゃんたら」

「当たりでしょ？　白状なさい。お相手はよっぽど素敵な人なのね。経験豊かな熟した女をここまで輝かせるなんて」

詮索するつもりはなかった。相手がどこの誰で、何をしている男で、どうやって知り合って、どんな具合に関わり続けているのか、そういう種類の質問を飛ばすことの下品さを美年子はよく知り抜いていた。

話したい人間は必ず自分から話し始めるものである。その機を待たずして、相手を質問攻めにするのは愚かなことだった。この種の問題をとことん問いつめる権利があるのは、配偶者か恋人に限られる。

「今日観た映画のね、監督をした人なのよ」

聞かれもしないのに、桐子はそう言い、バッグの中をまさぐって観てきたばかりの映画のパンフレットを取り出した。興行的に成功しそうにない映画だった。観る者を選ぶところのある、初めから異端を目指していた、とでも宣言しているかのような、耽美的で、さしたる物語性もない。少なくとも美年子にとってはひどく難解で退屈な映画だった。

「もともとは演出家なの。かたわら俳優業もやってるわ」と桐子は言った。「俳優といっても、舞台専門だから、一般の知名度は低いけど、でも、みねちゃんなら、もしかすると知ってるかもしれない」

桜色のマニキュアが塗られた細い指が、パンフレットに並ぶ名前の中の一つをおずおずと指し示した。町沢繁……製作、監督、とあった。

ああ、と美年子はうなずいた。「知ってる。私、お芝居はあんまり興味がなくて観に行かないんだけど、一度、テレビで観たことがあるわ。NHKのトーク番組だったかな。ゲストで出てた。頭もよさそうだし、素敵な人じゃない。なるほどね。どうしてこの映画を桐ちゃんが観たがってたのか、納得よ。私をダシに使って映画を観に行きたかったわけだ」

「ううん、違う。誤解よ、誤解。観に行きたければ、一人でだって行けるじゃない。でもちょっとね、なんとなく一人じゃ気恥ずかしくて……知ってる人に会ったら、顔がひきつるような気もしたし……」

「ほうら、ごらんなさい。でもまあ、いいわ。許してあげる。映画、とってもよかった」と美年子は多少の嘘を言った。「才能のある人なのね、町沢さんって」

美年子が大袈裟（おおげさ）な反応を控え、淡々と受けとめたせいか、桐子は前のめりになりながらいきさつを語り始めた。

半年ほど前、仕事で町沢のインタビューに出向いた際、同世代同士だったこともあり、すぐにその場で親しくなった。食事に誘われ、何がこんなに胸をときめかせるのかわからないまま、数日後、食事を共にしたのだが、その晩のうちに自分が彼に恋をしてしまったことにはっきり気づいた。これは何かの間違いだ、今に醒める時がくる、と思っていたものの、醒めるどころか気持ちはさらに高まって、今ではもう、離れていることが考えられなくなるほどの関係になってしまったのだ、という。

「夫に知られないようにすることだけでも、一日分のエネルギーを使い果してしまうの」と桐子は言い、ちっとも疲れてなどいないような、潑剌とした笑みを浮かべた。

「かたわら、知っての通り、仕事も忙しいし。町沢さんと会う時間を捻出するだけでも大変なのに、家に帰れば帰ったで、緊張してなくちゃいけないから、もうほんとに、くたびれきってるわ」

「気づかれてない？　ご主人に」

「多分大丈夫、今のところは。でも、変だと思われてるかもしれない。時々、話しかけられても気がつかなくて、どうしたんだ、って怪訝な顔されるの。大慌てでごまかすんだけど」

「それにしても、いまどき珍しいくらい、猛スピードの恋なのねえ。会ったその日から、お互いにピンときたわけでしょう？」

「スピードが速い分だけ、終わるのも早いのかもしれないわ」

「終わることなんか、考えなくたっていいじゃない。じっくり今を楽しみなさいよ。

私たちの年齢で、そんな強烈な恋、めったに味わえるものじゃないんだから」

桐子は薄く微笑んでから、吐息まじりに美年子を見つめた。「みねちゃんって、つくづく不思議な人ね」

「なんで？」

「こんな話、どんなに親しい友達にも、するつもりなかったのに。それがあなたを相手にするとできてしまう。するすると言葉が口をついて出てきちゃう」

「なんでも飲みこむ、うわばみみたいな女に見えるのかな」

「ううん、違う。そんなんじゃなくて……みねちゃんは余計なこと、聞いてこないし」

「聞いてほしい？」

「そうじゃないんだけど……」

「余計なことでも何でもいいから、喋りたくなったら、私相手に喋ればいいわ。いつでも聞いてあげるから」

うん、と桐子は子供のようにうなずいた。その目がみるみるうちに潤み始めたのを美年子は感動する思いで眺めた。桐子はまさに、恋する少女であった。

「あらあら、どうしたのよ。涙ぐんだりして」

桐子は、ううん、と首を横に振り、くっきりとした二重瞼の目を瞬かせると、「嬉しいの」と言った。「自分の中でね、こらえにこらえていたもんだから……こんなふうにあっさり聞いてもらえると、なんだか嬉しくて」

ばかね、と美年子は言った。

他人の恋物語を聞くのは嫌いではなかった。自分には縁のない、様々な恋の顚末を一瞬にして経験できるような気がするからだった。

美年子はその点、人の恋路に鷹揚だった。モラルや道徳をひけらかそうと思ったこともない。世間では異様だとされているようなアヴァンチュールの数々を聞かされても、驚かなかった。

男と女はそんなものだ、という思いが美年子の中にはあった。大した苦労もしていないが、若くして銀座で働くようになったことが、いつのまにか美年子にそう思わせるようになったのかもしれなかった。

人並みに恋らしきものを繰り返していた時期はある。男が引きも切らずに現れて、困惑させられた時期もあった。

だが、それもすでに過ぎたことであった。恋が自分を乱すことはもうない……と美年子にはわかっていた。

他人の色恋を熱心に、文字通りの他人事として冷静に聞き、相談されればそれなりの的確な参考意見を口にすることができるのは、美年子自身がすでに、恋の危険な綱渡りをすることを止めて久しいからであった。

桐子の夫、浦部長一郎は当時五十歳。都内にある大学で、法学部の教授の座についていた。

物静かで仕事熱心だが、気むずかしいところがある、と桐子から聞かされていたものだが、初めて北鎌倉の桐子の家に招かれた時の印象も、ほぼ想像通りであった。ボタンを押し違えれば機嫌を損ねて大変なことになる。何日も口をきいてもらえなくなり、若い頃は往生したが、それでも慣れればどうということはない。今では、どのボタンを押せばどんな不機嫌の嵐がまきおこるか、すべて把握している。いったん自分の世界に引きこもれば、鋼鉄のシャッターをおろしてしまうようなところがあるので、外で働く妻からしてみると、くだらない詮索はされないし、案外、楽なところもある……桐子はそんなふうに分析していた。

実際、目の前にいる長一郎は、その通りの人物で、初めて会った人間に思えないのが美年子には可笑しくもあった。

夏の盛りの、日曜の午後だった。長一郎はブルーグレーのポロシャツにたまご色をしたズボンをはいていたが、ズボンのポケットに両手を突っ込む癖があるらしく、ズボンのその部分は洗濯しても落ちない手垢で目立っていた。

「ゆっくりしてってください」と長一郎はぶっきらぼうに美年子にそう言い、ただそれだけで自分の務めを果した、とでも言いたげに、踵を返して庭に出て行った。

「ごめんね。無愛想で」と桐子は渋面を作って言った。「照れ屋なのよ。誰が来てもあんな感じなの。教え子が来ても、不動産屋が来ても、宅配便を届けに来るお兄ちゃんにも、近所の奥さんにも、全然態度が変わんない。お世辞のひとつも言えるようになってほしいと思ってきたけど、あの年じゃ、もう一生、変わらないわね」

「べらべら余計なことばっかり喋ってくる男よりも、無口で無愛想な男のほうがいいじゃない。どっしりと落ちついてる感じがするわ」

「だったら、みねちゃん、彼みたいなの、好みかも」

断然、好みよ、と美年子がいたずらっぽい口調を作って言うと、桐子は何が可笑しいのか、大きく口を開けて笑った。

紅茶をいれるために桐子が台所に行ってしまうと、急にあたりが静かになった。家の周りの木立では油蟬が鳴いていて、その鳴き声は時雨のように強くなったり弱くなったりを繰り返し、それ自体が静寂の中に溶けいっていくように感じられた。

木もれ日が躍る庭先に、長一郎の姿があった。両手をズボンのポケットに突っ込んだまま、何をするでもなく、ぶらぶらと庭木を眺めたり、ぼんやり佇(たたず)んで空を仰いだりしている。

上背はさほどあるわけではないが、太っても痩(や)せてもいない。全体のバランスは美しく、生々しいような男の気取りと自意識が嗅(か)ぎ取れる。だが、全体によく澄んだ少年のような素朴さが漂って、その立ち姿はとても清潔な感じがした。

美年子は縁側まで行き、「お手入れが行き届いていますね」と声をかけた。「ご自分でなさるんですか。それとも桐子さんが?」

「ほとんど僕ですよ」と長一郎は無愛想に答えた。光の中、面長の顔にまばらに浮いた不精髭(ぶしょうひげ)と、そこだけ猛々(たけだけ)しく見える黒い眉が目立った。「たまに植木屋を呼びますがね」

「これだけのお庭があると、楽しめるでしょうね。あら、きれい。シュウカイドウの花があんなにたくさん咲いて。あ、あそこの、あの黄色いのは、もしかしてルドベキア?」

ほう、と長一郎は眩(まぶ)しそうに目を細めて美年子を見た。「お詳しいんですね、花に」

「よく人からそう言われるんですけど、ちっともなんですよ。生まれたのが田舎なんです。なんにもないところでしたけど、花や草木だけは一人前にそろってて……。大人たちが口にする花や木の名前を、口まねしてるうちに、いつのまにか記憶してしまったみたい」

「どちら？」

「は？」

「お生まれです」

新潟のはずれなんです、と美年子が答えると、長一郎はうなずき、新潟ね、と口の中で駱駝（らくだ）のようにもごもごと繰り返した。

「もしもよ、もしもの話だけど、夫よりもね、私が先に死んだら、みねちゃん、彼のこと引き受けてくれる？」

閉店後の店で一緒にだらだらと飲んでいて、酔いがまわれば必ずそんなことを桐子が言い出すようになったのは、あれはいつのことだったか。

今から思えば、自分の突然の死を予感していたとしか言いようがない。だが、その時の桐子の口調はあくまでも無邪気で、ただ単に、面白がってそう言っているだけのようにしか聞こえなかった。

「引き受けるわよぉ」とそのたびに美年子は陽気に返したものだった。「まかしといてよ。何度も言ってるじゃない。長一郎さんは私のタイプ。ああいう、ひっそりした感じの、それでいて頑固で、一度怒らせたら手がつけられなくなるような難しい人、好きなのよ。山羊(やぎ)みたいじゃない？」

「山羊？」

「山羊って、ふわふわ白くって、優しい感じに見えるけど、あれで結構、頑固で獰猛(どうもう)なのよ。いやとなったら、テコでも動かないしね。子供のころ、田舎に山羊がたくさんいたわ。発情期だったのかもしれないけど、雄同士が喧嘩してるのを見たことがあるのよ。あの、おとなしそうな目が、一瞬、怒って真っ赤に燃えて、三角につり上がっちゃってね。怖い怖い。別人、って言うのも変だけど、同じ山羊とは思えないくらいだった」

「山羊……ね。なるほどね。そうかもしれない」桐子はくすくす笑った。「でも引き受けてくれるんだったら、安心だわ。彼もみねちゃんのこと、気にいってるし」

「そう？　気にいってくれてる？」

「もちろん。ああいう無愛想な人だからね、周りにいる人のこと、好きだの嫌いだの、私に向かってもはっきり言葉にしたことなんかないんだけど、私にはわかるの。彼はみねちゃん、お気にいりよ。彼のほうでもタイプなんだと思う。だいたい、あの人、色白でぽっちゃりした、自分を癒してくれるような女の人が好きだから」

「私でよければ癒してあげるわよ。たっぷりと」

「但し、そうなったら、みねちゃんはあの北鎌倉の家で暮らすのよ。私の後釜として。それでもいい？」

「いいどころの話じゃないわ。最高じゃない。あの家、好きだな。静かで落ちついてて。老後は静かな家で暮らしたい、っていう夢があったんだけど、ずっと夢見てた家と桐ちゃんの家、そっくり同じだったわ」

「じゃあ、決まりね」

「うん」

そんなふうに言い合って、飽きず似たような会話を繰り返していたのは、何故だったのか。桐子に死の予感がなかったのなら、あれは桐子が、恋しい町沢との新しい人生を夢見て、その虚構の中で紡ごうとしていたもう一つの夢だったのだろうか。

夫を踏みにじるようなことはできない、と思いつつ、かたわら桐子はひそかに、自分でもぞっとするほど残酷な夢を見ていたのかもしれない。妻に捨てられた夫のその後を案じて、夫と美年子を結びつけるのはどうだろう、などと、子供じみた都合のいい夢想に浸っていただけだったのかもしれない……。

桐子は美年子相手に無邪気にそんな話をしながら、寒い大晦日の朝、自宅の洗面所で倒れた。

倒れているのを発見したのは長一郎で、すぐに病院に運んだが、手遅れだった。これまでの健康診断では、血圧も心臓も正常だったし、コレステロール値やその他の成人病の遠因になるようなものにも問題が出たことはなかった。

死因は心不全。いわゆる突然死であった。

町沢の名刺が美年子の手元に届いたのは、千春から電話があった日の二日後だった。

上質の白い紙に横書きで「町沢繁」とある。思っていた通り、肩書も何もついてはおらず、世田谷区梅丘の自宅住所と電話番号が印刷されているだけだった。

黒のボールペンで走り書きされた携帯電話の番号を、美年子はまじまじと見つめた。桐子が生きていた頃、まだ世間に携帯電話は普及していなかった。桐子と町沢の密会を美年子は幾度も幾度も、数えきれないほど取り持ってやったものだった。

桐子には夫がいて、町沢にも妻がおり、しかも町沢は舞台などの仕事ですぐに連絡がつかなくなる。互いが自宅に電話をし合うことができれば、何の問題もなかったのだが、それができない。連絡方法として最も多く使われていたのは、町沢が桐子の会社に電話をすることだったが、それにしたって、あまり頻繁にかけ続ければ噂のタネにならないとも限らなかった。

みねちゃんのところを中継基地にしてもかまわないかしら、と頼まれれば、断る理由もない。美年子は道ならぬ恋に陥っている二人のために、何月何日の何時に、どこそこで、という、逢瀬のためのメッセンジャー役を引き受けるようになった。

アリバイ作りにも協力した。桐子が町沢と小旅行に出る時は、長一郎には「みねちゃんと一緒」と伝えられた。

二人がこっそりバリ島に出かけた時は、後で渡されたみやげ物を手に、わざわざ北鎌倉まで出向いて、「これ、私から長一郎さんへのバリみやげ」などと言い、何くわぬ顔で手渡したこともあった。

いつからいつまで、どこに行って何をした、どんなエピソードがあった、ということをいちいち覚えていなければならないことだけが難儀であった。長一郎に会う機会があると、あらかじめ頭の中で復唱しておかねばならない。たまに間違えそうになり、慌てることもあったが、妻が女友達と出かけた旅行のよもやま話などに、長一郎がいっこうに興味を示す様子がないので問題は起こらなかった。

いくら友達のためとはいえ、何故、こんなまねをしているのだろう、と美年子が思ったことはない。長一郎という男を裏切っているのは自分ではないか、という意識もなかった。

誰かが自分を必要としている、と知れば、必要なことをしてやろうとするのが美年子だった。そこには猜疑心もなければ正義感もなく、まして自尊心など、かけらもなかった。

自分は枯れてしまったのだろうか、と思うこともあったが、枯れたことを嘆こうとするだけの烈しさも、すでにその頃、美年子の中から失われていた。かといって、諦めているとか、世の中のことに無関心になったとか、その種の年寄りじみた厭世観に苛まれることも決してなかった。

美年子自身の人生が、一つの揺るぎのない調和の中にあったのである。

美年子は名刺を手にし、少しの間、とりとめもないことを考えていたが、やがてコードレスホンを手に取った。午後二時過ぎ。町沢のような仕事をしている人間にとっては、早過ぎず遅過ぎない時間帯、と言っていいような気がした。

留守番電話になっていればいい、と心のどこかで願う気持ちはあったが、コール音が二回ほど鳴った後、すぐに町沢が出て「もしもし」と応じた途端、美年子の中に懐かしさがあふれてきた。

「ごぶさたしています。美年子です」

まるで美年子からの連絡を待ってでもいたかのように、町沢は明るい声で「どうも」と言った。「わざわざ、かけていただいてすみません。お元気でしたか」

「はい、なんとか元気です。そちらは？」

「おかげさまで。先日、お店のほうに伺ったのですが、お目にかかれず残念でした」

「本当に。わざわざいらしていただいたのに、申し訳ございません。すっかり引退したような形になってしまったものですから」

「ご結婚なさったと伺いましたが」

「今頃になって、とお笑いでしょう？　いい年をして」

「何をおっしゃいます。おめでたいことじゃありませんか」

美年子は受話器を握りしめたまま、うなずいたが、それ以上のことには触れなかった。どうして、長一郎と結婚した、と言えるだろう。私が結婚したのは、あなたが昔、愛していた女性の夫なのだ、とどうして言えるだろう。

「おめでとうございます」と町沢は改まった調子で言った。ご丁寧にありがとうございます、と美年子も小声で応じた。

「その折、いただいたというお名刺に、携帯番号がありましたので、それでちょっと……」と美年子は続けた。「あのう、何か私に御用でもございましたでしょうか」

町沢はいっとき、言葉を濁らせながらも、「はい、実は」と切り出した。「本当はお目にかかった時にゆっくり話したかったんですが……年明け早々から、僕、イタリアに行くことになって……」

「はあ」と美年子は言った。町沢が何を言わんとしているのか、つかめなかった。

「素敵ですね。ご旅行ですか」

「いえ、あちらに居を移すんです。日本は引き払ってしまいます」

はあ、ともう一度、美年子は言った。「ということは、完全にあちらのほうに？」

「ええ。ミラノに暮らして、ヨーロッパを拠点に仕事をしてみようと思いましてね。イタリアの監督との合作で映画を作る話も決まっていたりしまして、こういう思いきったことができるのも、年齢などを考えれば、最後のチャンスか……と」

「ご家族もご一緒ですか」

「子供たちはもう大きいので連れて行きません。家内と二人です」

「そうでしたか。それはそれは」

「あの、それでですね。話はここからなんですが、そういう事情ですから、僕はもう、桐子さんの……」

はい、と美年子は言い、一瞬、言葉をとぎらせた町沢の、次の言葉を静かに待った。

「桐子さんのお墓には当分、行けなくなってしまいました。それで、今年の彼女の命日に、イタリアに暮らすことを報告がてら、墓参させていただこうと思い立ちまして。ですが、つまり、その……彼女の命日に僕のような人間が彼女の墓を訪れる、ということが浦部さんに知られたら、やはりまずいのではないか、と。で、美年子さんに聞きたかったんです。浦部さんが、今も彼女の命日にお墓に行かれているのかどうかということ、ご存じないでしょうか」

初めて得心がいった。これだったのか、と美年子は思った。桐子の夫であった浦部長一郎が、彼岸はもとより妻の命日には欠かさず墓参をしている可能性がある、と町沢は考えていたらしい。墓での鉢合わせを避けるために、美年子にそんなことを聞いてきたのである。

「浦部さんは」と美年子は、今は自分のものになっている姓を口にした。「桐子の命日には必ずお墓参りをしています。私もよくは知りませんが、今年も間違いなくそうなさると思いますよ」

「やっぱりそうですか。そうですよね」

「ですが、かまわないのではないでしょうか」

「え？」

「浦部家の菩提寺は広いですし、見通しも利きますから。浦部さんらしき人がやって来るのが見えたら、お帰りになればいいだけのことですし。その逆もありますよね。浦部さんが墓参しているのが見えたら、どこか目立たないところで、少し待っていらっしゃればよろしいんだわ」

町沢は不安げな口調で「どうでしょう」と言った。「万一のことを考えるとね、どうしても二の足を踏んでしまって」

「しばらく日本にお帰りになれないのだとしたら、町沢さんだって、桐子のお墓に報告に行きたいでしょう？」

「それはもう」

「二時過ぎなら、多分……」と美年子は言い、桐子と町沢の仲を取り持っていた頃の自分を思い出して、内心、苦笑した。「多分、そんな時間帯だったら大丈夫かもしれ屋さんに寄って、少し早い年越し蕎麦を食べてからお帰りになっておられるようですから」

　よくご存じなんですね、と言われたらどう答えようか、とびくびくしたが、町沢は何も聞かなかった。

「二時過ぎ……ですか。平気かな」

「平気ですよ。そんなことはあまり心配なさらずに、桐子のお墓参り、してやってください。桐子も首を長くして待っていると思いますから」

　町沢は少し考えているように間を空けたが、やがて「はい」と澄んだ声で言った。

「わかりました。では、三十一日、二時過ぎに参ります」

　長一郎と美年子が、毎年大晦日の桐子の命日に、連れ立って墓参をするようになったのは五年前からであった。

　どちらからともなく誘い合わせ、鎌倉の浦部家の菩提寺に向かう。墓石を丁寧に洗ってやり、持って来た黄色い小菊の花束を手向け、線香を焚いて、二人並んで手を合わせる。冬の太陽は弱々しいが、風のない日はあたりは穏やかなぬくもりに満ちている。いつまでもこうやっていたい、と美年子は思うが、長一郎は憮然とした表情ですつくと立ち上がるなり、「行きましょうか」と言う。「腹が減りました。帰りに蕎麦でも食べましょう。少し早い年越し蕎麦です」

そして美年子は長一郎と、暮れの買い物客で賑わっている繁華街の蕎麦屋に入り、蕎麦をすする。長一郎に勧められて、ぬるく燗をつけた酒を二人分け合って飲む。

「今年もいろいろなことがありましたね」と美年子が言えば、「そうですね」と彼は答える。

「でも、こうやって無事に一年、終わったのだから、私にとっても浦部さんにとっても、やっぱりいい年だったのでしょうね」

そうですね、と彼はまた同じ言葉を繰り返す。

話が弾むわけでもない。胸がどきどきするわけでもない。それなのに、大晦日の慌ただしいような午後のいっとき、年越し蕎麦の用意で活気づいている蕎麦屋の一隅で、そうやって長一郎と静かな会話を交わしていることが、美年子には嬉しいのだった。

桐子亡き後、美年子は時間を作っては、休日ともなると北鎌倉の長一郎の家に行き、滞っている家の中の細々としたことを手伝った。通いの家政婦はいたが、かゆいところにまで手が届くような世話のやき方は期待できるはずもなく、そのことで長一郎が、日々、苛立っているのに気づいていたからだった。

せっせと洗濯機を回したり、庭の草花の手入れをしたり、蒲団を干したり、買い物に行って必要なものを買いそろえてやったりする。長一郎は書斎にこもりきりで、たまに茶の間に姿を現しても、「ご面倒をおかけします」とぽつりと言うだけで、会話らしい会話もない。

お茶をいれましたから、と美年子が誘い、縁先で老夫婦のように向き合いながら、お茶をすすり、果物などをつまんでいても、桐子の思い出話が出ることもなければ、何か鬱積した感情の捌け口にされることもない。時間は淡々と流れていって、しばらくたつと長一郎は、何か遠い、眩しいものでも見るように目を細め、美年子に向かって「ではこれで」と言うのだった。「僕は書斎に戻ります」と。

何も起こらなかった。銀座の美年子の店に、長一郎が顔を見せることもなかった。いつまでたっても他人行儀のままで、敬語を崩さずに関わっていながら、それでいて美年子には長一郎の自分に向けた気持ちが、凪いだ海のように穏やかにぬくもっていくのが感じられた。

これは恋ではない、と思う。そして、そう思えば思うほど、「私が死んだら、夫を引き受けてね」と言っていた桐子の言葉が甦る。自分たち二人の間に、何か不思議な、桐子を通して育まれた縁のようなものが出来上がりつつあることを、しみじみと味わって、いつしか美年子は自分もまた、長一郎を一人の男として眺めていることに気づいたのだった。

そうやって月日が流れた。一昨年の桐子の命日に、いつもと同じように肩を並べて墓参を済ませ、帰りに蕎麦屋に立ち寄った時、美年子は長一郎から「今夜はうちに泊まりませんか」と言われた。「桐子が死んでから、正月も何もあったものではなかった。でも、もうそろそろ、いいでしょう。明日の元日を、正月らしい正月にして過ごしてみたくなりました。……あなたと一緒に」

あなたと一緒に……その一言が、美年子の胸に静かな火を灯した。こんな日が来ることをずっと昔から知っていたような気持ちにかられた。

美年子は何も聞こえなかったかのようにして、にっこりと笑いかけ、「だったら」と言った。「私が簡単なおせち料理を作ります。黒豆を煮て、お煮しめを作って……そんな程度だったら、今夜中にできますもの」

「何もする必要はありませんよ。そんなことをしてくれと頼んでいるわけではない」

「いいえ。やっぱりお正月はお正月です。そうそう、さっきこの近くのお店で、おかがみ餅を売ってましたよね。買って帰りましょうか。あ、それと、お正月用のお花も。松と大輪の菊。何か赤い実のなっているものも欲しいですね。南天でいいかしら。南天だったら、お宅のお庭にあるものを少しいただいて……」

長一郎はくすくすと笑った。「楽しそうですね」

楽しいですもの、と美年子はきっぱり言って、慌ただしく蕎麦屋の伝票をわしづかみにした。「さあ、早速行きましょう。行動開始！」

その晩、五十九歳の長一郎と五十二歳の美年子は、おずおずと互いの肌に触れながら、一つベッドの中で除夜の鐘を聞いた。


町沢と電話で話してから数日後の大晦日、美年子と長一郎が慌ただしく墓参の仕度をしていると、来客があった。

町内会の会長をしている隣家の夫婦である。二人ともきちんとした身なりをしている。

ご主人様にご挨拶がしたい、お玄関先でかまわないので、と丁重な物腰で言われれば、今、墓参に出かけるところだったとは言えなくなった。

美年子は恐縮する夫婦をひとまず座敷に通し、長一郎に「早くすませてね」と耳打ちした。

隣人夫妻が、わざわざ長一郎に挨拶に来た理由はわかっていた。町内会長の家は、浦部家とは逆側になる隣の家との間に、境界線問題が持ち上がりかけている。法律に詳しい浦部先生に、一度是非、アドバイスをいただきたい、と会長夫人から美年子はかねがね頼まれていて、長一郎にもその話はすでに伝えてあった。

ほんの五分、と言われても、お茶も出さずにいるわけにはいかなかった。美年子は台所に立って手早く煎茶をいれ、座敷に運んだ。

挨拶程度で済ませるつもりで来たはずの夫婦は、境界線問題に関する詳しい説明を始めている。長一郎も熱心にそれに耳を傾けていて、美年子は内心、大丈夫だろうか、と不安を覚えた。

浦部家の菩提寺は鎌倉市内にあるが、年末で混雑している道路情況を考えれば、遅くとも十二時過ぎには家を出なくてはならない。そうでないと、二時頃寺にやって来るであろう町沢と、鉢合わせしてしまう可能性が出てくる。

じりじりしながら話が終わるのを待ち続け、万一の時には、長一郎にわからぬよう、町沢の携帯に電話をかけよう、と決めた矢先、やっと座敷から長一郎と客人夫婦が出てきた。五分のはずが三十分は過ぎていて、時刻はすでに十二時近くになっている。

新年早々、お話しするようなことではないので、今日、思いたってこうやって、ちょっとご挨拶に伺っただけなのですが、暮れのお忙しい時分にこんなに時間をいただいてしまって、本当に申し訳ございませんでした……夫妻は口々にそう言って頭を下げ、帰って行った。その後ろ姿を見送って、美年子はすぐにタクシーを呼んだ。案じていた通り、道はどこも暮れの買い物客などで混雑していて、菩提寺に着くまでに思いがけず時間がとられた。

何をそんなに急いでいるのか、と怪訝に思われてもいけない。美年子は早足になりそうになるのをこらえつつ、長一郎と共に住職に簡単な挨拶をしてから墓地に向かった。

道すがら、長一郎はさっき会ったばかりの隣人夫婦から聞いた話を美年子に説明し続けた。法律にはまったく疎(うと)く、そのうえ、時間が気になるとあれば、上の空にならざるを得ない。

美年子は適当に相槌を返しながら、「本当にいいお天気」などとつぶやいてみせて、立ち並ぶ墓をきょろきょろと見回した。墓参に来ている人間は一人もおらず、枯れ葉を集めて燃やしている焚き火の煙が、弱い冬の陽射しの中に淡々とゆらめいているのが見えるだけだった。

桐子が眠る浦部家の墓の前まで来て、やっと緊張がとけた。ここまで来ればもう安心だった。町沢が少し早めに着いてしまったのだとしても、遠くから自分たちの姿をみとめれば、近づかずに墓参の終わるのを待っていてくれるに決まっている。

長一郎と美年子は無言のまま、墓石を洗い、花筒に水を充たして、持って来た白と黄色の小菊の花を活けた。線香に火をつけ、中腰になりながら並んで手を合わせた。

桐子、と美年子は胸の内で呼びかけた。『これから町沢さん、来てくれるわよ。年明けてからミラノに行くんですって。あっちで暮らしながら、ヨーロッパでの仕事を続けるんだって。いろいろなことが変わっていくけれど、でも、彼の桐子に対する気持ちは変わらないのね。そして私は今頃になってもまだ、あなたと彼のために、長一郎さんに秘密を作って、こうしてうまくやってあげているんだわ。感謝してよね。感謝してくれるんだったら、そっちの世界で、私と長一郎さんの健康と幸福を願っていてね』

長一郎は合わせた手を離してからも、姿勢を崩さずにじっと墓石を見つめている。珍しいことであった。

「桐子に、あなたを入籍したことを報告したよ」と彼は前を向いたまま言った。

そうだった、と美年子は思い、内心、舌を出した。

肝心なことを報告するのを忘れていた。自分の入籍よりも、町沢のことばかりを考えている。相も変わらず、自分は桐子の秘密の恋の応援団であり、桐子が守り抜いた秘密を受け継いで、今は長一郎の妻にもなってしまった。そう思うと可笑しくも不思議だった。

「そろそろ」と美年子は言った。

うん、と長一郎はうなずき、立ち上がった。

一時五十分になっていた。美年子はそっとあたりを窺った。焚き火の煙が墓石の群れとその向こうに拡がる木立をやわらかく包んでいるだけで、人影は見えなかった。

「遅いおひるになってしまったわね。お腹、空いたでしょう」

「空いたね。蕎麦が楽しみだ」

「こんな時間に食べることになるのなら、今夜は軽いものにしたほうがいいかもしれない。そうよね？」

「ああ」

「何にします？」

「なんでもいいよ」

「おせちの用意はほとんどできてるけど、それを少しいただく？　それともシャケでも焼いて、おにぎりにしましょうか」

「おにぎりのほうがいいね」

「そうね。私も」

長続きしない会話は相変わらずで、美年子が喋るのをやめると、長一郎も黙ってしまう。並んで歩く二人の靴が、小石を踏みしめていく音しか聞こえなくなる。それでもその、静けさにあふれた空気は美年子に、人生の本物の安らぎを感じさせる。

墓地を出て、葉を落とした木々が並ぶ参道を出口に向かって歩く。太陽はまだ高いが、風が少し出てきた。参道に散りしかれた枯れ葉が、かさかさと乾いた音をたてて すべっていく。

前方から歩いて来る人影があった。黒いコートに黒っぽいズボンをはいている。衿(えり)もとに濃い朱色のマフラーが覗いている。片手に花束が見える。白いフリージアが束ねられている。

美年子は意識が遠のくような気分になった。七年ぶりに見る町沢は、まっすぐこちらに向かって歩いて来る。冬の白々とした光の中、その姿はどこかしら決然として見える。

近くの空で鳶(とび)が甲高く鳴いた。鳥影を追うようにして、長一郎が空を仰いだ。

町沢の目が美年子をとらえた。表情には何の変化もなかったが、その歩みがふいに遅くなったような気がした。

美年子がその日、桐子の墓参りに来るとは思っていなかったに違いない。美年子に連れがいるのに気づいてか、彼は立ち止まらずに歩き続けた。

美年子は、それと気づかれぬほどかすかに会釈をした。それを受け、町沢もまた、ほんの少し頭を下げた。目を伏せた程度にしか見えない仕草だった。

振り返るまい、と美年子は思った。決して振り返ってはならない、と。

だが、美年子の心の目は早くも空を浮遊している。宙に浮きながら、自分たち夫婦と町沢の姿を俯瞰（ふかん）している。

町沢は知らないのだ。たった今、すれ違ったばかりの美年子の連れの男が、かつて愛した女の夫であることを。

しばらく歩き、山門の外に出てから、こらえきれなくなった。美年子はそっと後ろを振り返った。

遠く煙るような冬の白い光の中、町沢の後ろ姿は一つの細長い点のように見え、それはまもなく、白いフリージアの花と共に墓地に吸い込まれるようにして消えていった。

月の光

さくらの隣に、気がつくと老婆が坐っていた。

鼠色の寝巻を着て、赤い紐で腰を縛っている。胸がはだけ、痩せた皺だらけの乳房が覗き見えている。

「おばんでございます」と老婆は背を丸くして言った。「寒くもなく暑くもなくて、今夜はちょうどいい按配ですわねえ」

人と口をきく気になど、到底、なれそうになかった。さくらは黙って顔をそむけた。老婆はいっそう背を丸めて、さくらの顔を覗きこむような姿勢をとってくる。

顔と顔が近づくあまり、さくらの頬に老婆の生暖かい息があたった。息は腐った蜜柑のような匂いがした。

「つかぬことを伺いますけどもね。煙草持ってらっしゃる？　持ってらしたら、どうか、この哀れなばばあにめぐんでやってくださいましな。この病院の看護婦たちがね、そりゃあもう、小姑みたいにうるさくって、あたしの煙草、ぜんぶ取り上げちまうんですよ。まあ、何だって、老い先みじかいばばあの、たった一つの楽しみを奪うんだろうかねえ。寝る前の一本が楽しみなのにねえ」

煙草は持って来ていなかった。大慌てでタクシーに飛び乗って、ここまで来たのだ。財布と携帯電話を手にしているだけである。その財布もファスナーを締め忘れていたらしく、ついさっき、うっかり小銭を床にばらまいてしまった。入院患者とおぼしきこの老婆はどこかでそれを見ていて、煙草を買うための小銭が欲しい、とねだりに来たのかもしれなかった。

立ち去る様子がないので、さくらは仕方なく財布を開け、百円玉を三枚取り出した。病院の外は公道で、探せばどこかに煙草の自動販売機があるはずだ。そんなに煙草が吸いたいのだったら、明日にでもこっそり病院を出て、勝手に買ってくればいい。

黙って小銭を手渡そうとした時、「おばあちゃん」と呼びかける声がした。若い看護婦が小走りにやって来る。リノリウムが敷きつめられた床に、看護婦のはいているナースシューズのゴムの音が響いた。

「こんな時間にこんなところで何やってんですか。何時だと思ってるの？　夜中の二時よ。夜はお部屋から出たらいけない、って、先生からも言われてるでしょう。忘れたの？」

「はいはい。このばばあはボケてますからね。なぁんだって忘れちまいます」

まったくもう、と看護婦は苦笑いし、どうもすみません、とさくらに向かって小声であやまった。「さ、おばあちゃん、行くわよ。夜はぐっすり寝なくちゃだめじゃないの」

老婆の肩を抱き、去って行きかけた看護婦の背に向かって、さくらは「あのう……」と声をかけた。

看護婦と老婆が同時に振り返った。さくらは二人の顔を交互に見ながら、どちらに話しかけようとしているのかもわからなくなり、慌ただしく聞いた。「さっき救急車で運ばれて来た人、どうなったか、わかりませんか。もう一時間くらいたつんです。ここで待っててください、って言われて、ずっと待ってるんですけど、どうなったのか、誰も教えてくれなくて……」

「患者さんのお名前は？」

「近藤(こんどう)です。近藤達也(たつや)」

「ご家族の方ですか」

いえ、とさくらは口をにごし、友人です、と言った。「ただの」とつけ加えようとしたが、その言葉は出てこなかった。

「ごめんなさい。急患の患者さんに関しては私はちょっと担当外なもので……。ナースセンターで聞いてみてもらえますか。センターは二階にありますから。あそこの階段を上がってすぐです」

エレベーターガールのような手つきで、看護婦が指し示した階段のほうをぼんやり見ながら、さくらは「はあ」と言った。声は嗄(か)れていた。

看護婦と老婆は去って行った。広々としたロビーに人影はない。初診受付と再診受付のカウンターに煌々(こうこう)と明かりが灯(とも)っているが、誰かがいる気配はなかった。

さくらは目を閉じ、両手で自分の胸をくるみこんだ。どくどく、と搏(う)ち続けている心臓の鼓動が掌(てのひら)に伝わってくる。

達也の心臓は止まってはいないだろうか。大丈夫だろうか。もしかして間に合わなかったのかもしれない。この大きな病院のどこかで、すでに達也の顔には白い布がかけられているのかもしれない。

どこか遠くから救急車のサイレンの音が聞こえてきた。また急患が運ばれてくるようだ。闇を裂くようなサイレン音が次第に近づいてくる。達也もあんなふうにして運ばれてきた。その時、意識はあったのだろうか。

誰もその後のことを教えに来てくれないのは、自分が彼の家族ではないからなのか。警察か病院が彼の家族に連絡し、今はもう、誰かがここに駆けつけているのかもしれなかった。彼があんなに嫌っていた継母かもしれない。継母は、今、生死の境をさまよっている彼に付き添っているのかもしれない。

ジーンズの後ろポケットに突っ込んでおいた携帯を取り出し、しげしげと眺めた。病院に到着してから電源を切ってしまったので、鳴り出すことはあり得ない。それなのに、マナーモードにした携帯が今にもぷるぷると震え始め、達也からの短いメールが着信するまぼろしを見るような思いにかられる。

『さよなら、さくらさん。俺、もう死んだからね』……まぼろしのメールには、こう書かれてある。

まるで本当に、携帯のディスプレイにそんな文字が並んでいるような気がした。

さくらは慌てて携帯から目を逸らした。

携帯メールをやりとりする人間のことを、達也ははなから軽蔑していた。

だいたいさ、あの着信音ってやつが嫌いなんだ、と彼は言った。ちゃらちゃらして、くっだらなくて、やたら騒々しい音楽ばっかりでさ、でもって、どいつもこいつも、それが鳴り出したとたん、天下の一大事が起こったみたいに慌てて携帯を取り出して眺めるじゃん、中でも最悪なのが、その場で歩きながら、チャカチャカ左手の親指で返信打ってる若い女ね、ああいうの見ると、吐き気がして、後ろから殴り倒してやりたくなる……。

そんなふうに言っていながら、達也自身も携帯を持ち歩いていた。便利なツールとして持ってるだけなんだよ、だってさ、公衆電話なんか、もうどこ探したってないご時世だろ……そんなふうに言い訳がましく言い、もっぱら発信専用に使っている様子だった。

しつこく言わないとすぐに電源を切られてしまい、連絡がつかなくなって往生した。それでもそのうち、不承不承ながらも電源を入れておいてくれるようになった。メールについては抵抗していたが、さくらがアドレスを作るように言うと、最後には彼も受け入れた。とはいえ、彼が携帯メールを交換していたのは、自分とだけだったのではなかろうか。

それにしても、これではどちらが若いのか、わからない。十五も年下の男の子に自分が新しいことを教えている、と思うと可笑しかった。

その年の一月、さくらは仕事を終えてから、一人でふらりと渋谷まで行き、目についた映画館に入った。今にも雪が降り出しそうな寒い晩だった。

まっすぐ部屋に帰っても誰もいない。簡単な食事を作り、どうでもいいようなテレビをぼんやり眺めながら食事を済ませ、入浴してベッドにもぐりこむだけ。

毎週金曜日の夜には、兄夫婦のところに同居している母を迎えに行き、週末は母の相手をして過ごす。母は痴呆が始まっている。さほどひどくはなっていないものの、日によっては手間がかかることもあり、介護する側の自由は確実に半減する。

週末くらい、のんびりさせてもらいたい、と義姉が大まじめに言ってきたのは二年前。義姉は兄の手前、母の面倒をみることを引き受けてきたが、時折、ヒステリーを起こす。施設に入れてしまえばいいのに、とわめき出す。

そのたびに派手な夫婦喧嘩が始まる。喧嘩の原因を作った母は途方に暮れた様子でさくらに電話をかけてきては、ほろほろと際限なく泣き続ける。

自分が引き取ることも考えた。介護保険を使えば昼間、仕事に出ている時の母親の世話も人に頼める。なんとかなる、と思い、兄に申し出たのだが、一笑に付された。兄は古い考えの持主で、長男である自分が母親の面倒をみるのは当然の義務だと信じていた。

代わりに週末はさくらが母を自宅マンションに連れ帰り、土曜日曜の二日間を母と過ごす。月曜の朝は、早起きして食事をさせ、母を兄のところに戻し、それから職場に行く。

そうした習慣を作ることによって、義姉の機嫌もよくなり、なんとか均衡が保たれるようになったものの、休日にゆっくり本を読んだり、映画を観たりする時間は失われた。人と関わるのも面倒で、昔の友人と会うこともなくなった。

さくらにとって、生きる、ということはいつのまにか、現実を生き抜くことでしかなくなっていった。とりあえず目の前の煩瑣な問題を片づけていくこと……義姉とうまくつき合い、週末は母の面倒を見、残った時間で働き、自分一人分の食いぶちを稼ぎ出し、眠り、食べ、食器を洗い、また眠り、食べ、食器を洗い……ただそういうことの繰り返しに変わっていった。

夫とうまくいっていた頃は、自由になる時間と楽しめる時間とがさくらを充たしていたものだった。夫と連れ立ってコンサートに足を運んだり、食事に行ったり、夫の友人たちと飲みに行ったりした。年に一度は海外旅行をし、半年に一度は高級な温泉旅館に泊まりに行った。家で夫の帰りを待っている時は、本を読み、借りてきたビデオを観たりして過ごした。何をしていても、気持ちは充たされていて、いっこうに退屈することはなかった。

憎み合って別れたわけではない。嫌いになったわけでもなかった。あれほど待って待って、待ち望んでいた男だった。二十代の大半を彼に捧げた。彼と前妻との離婚が正式に決まるのを静かに待ち続けたのが、さくらの人生だった。

覚悟しといたほうがいいわ、いいように言われて、だまされてるだけなのかもしれないから、と案じ顔で言ってくる友達もいた。だが、さくらは彼を信じていた。妻との関係はすでに冷えきっている、と言う彼の言葉に嘘があるはずがなかった。いつか必ずこの人は妻と別れ、自分を迎えてくれる……そう信じる気持ちは宗教に近いもので、時にさくらは彼を神のように思うことすらあった。

いい男だった。優しさ、知性、思いやり、頼もしさ、情熱的なふるまい……一般の女が男に望むあらゆる側面を兼ね備えていて、おまけに並々ならぬ経済力の持主だった。

だが、夫には常に秘密があった。秘密と同居する人生を彼は好んだ。気がつくと、夫は自分が起こした事業に失敗し、莫大な借金を抱えていて、さらにそこに、のっぴきならない関係に陥っている女が登場した。

これほどの秘密を何故、長い間、黙っていられたのか、と不思議でならなかった。

怒る気にもなれなかったのは、かつての自分との関係もまた、この人にとっては大きな秘密だったのだ、とわかったからだった。

別れるつもりはない、と彼は言ったが、彼が抱えている負債を共に背負っていく気持ちにはなれなかった。もう一人の女がいたことがわかった以上、彼と苦労を分かち合っていくことは、どう考えてもできそうになかった。離婚が決まり、さくらは再び独りになった。

この際だから、たんまり、ぶんどってやんなさいよ、と友達から言われたが、借金で首がまわらなくなっている人間から慰謝料を取ることはできなかった。あれほど好きだった男をこれ以上、金で苦しめてやろうとは思わなかった。それがさくらの流儀だった。

あの晩、渋谷の映画館で観たのは『スパニッシュ・リベンジ』というタイトルの、スペイン映画である。世間であまり知られていない監督の作品で、出演している俳優の知名度も低かった。

何故、その映画を選んだのか、いくら考えても思い出せない。ただ単に、歩いていて目についた映画館に入っただけのことであり、そこで他の映画が上映されていたとしても、黙って同じように観ていたかもしれない。

犯罪組織に追われた男が、愛する女と逃避行を続ける、という映画だった。最後に男は、女と共に命がけで組織に戦いを挑み、力尽きて死んでいく。女だけが残されて、荒野に呆然と佇みながら嗚咽する……単純な物語だったが、映像が美しく、バックに流れる哀切なギターサウンドが効果をあげていて、思わず引きこまれた。

やっぱり時々、こうやって街に出て、映画を観たりしよう、とさくらは思った。演劇でもコンサートでもいい。職場と部屋を往復して、週末、痴呆が始まった母親と過ごすだけの毎日から、少し自分を解放させてやる必要がある。

夢を見なくては。たまには、夢を見て、現実を忘れなければ。夢を見終われば、たちまち現実が怒濤のように戻ってくるが、それでも見た夢は残される。一条の淡い光になって闇を照らしてくれる。

映画館を出ると、九時をまわっていた。いっそう気温が下がったようで、風も出てきたが、街には若者があふれていた。

熱燗でも飲んで、身体を温めたいと思ったが、女一人で飲める店など知らない。仕方なくどこにでもありそうなコーヒーショップに入り、ホットコーヒーとアップルパイを注文した。

ガラス張りの大きな窓に沿って、細長いカウンターが伸びている店だった。席は半分ほど埋まっていて、そのほとんどが一人客か、もしくは若いカップルだった。

隣のスツールに坐っていた若い男が、軽く貧乏ゆすりしながらカウンターに両肘をつき、映画のパンフレットに目を落としていた。

金色に染めた髪の毛を無造作にうなじのあたりまで伸ばし、毛先がはねて見えるようなヘアスタイルにしている。片方の耳には銀色の小さな丸いピアスをつけている。うっすらと色の薄い不精髭が顎を被い、顔いちめんに不機嫌が張りついているように見える。

彼が読んでいるのは、今しがた、さくらが観てきたばかりの『スパニッシュ・リベンジ』のパンフレットだった。

男の顔には覚えがあった。映画館で、さくらのすぐ前の列の、中央あたりに坐っていた男だった。映画が終わって立ち上がった時、つと後ろを振り返った彼と、どういうわけか目が合った。その視線が獰猛で、人を射るように思えたからか、何故ともなく、ゆるりと目を逸らしたことをさくらは覚えていた。

運ばれてきたコーヒーを飲み、煙草に火をつけた。吸い終えて、アップルパイにフォークを入れようとした時、トートバッグの中で携帯が鳴り出した。着信メロディはドビュッシーの『月の光』にしてある。

隣のスツールの男がちらりとこちらを窺うのがわかった。さくらは男に背を向け、ディスプレイを覗いた。ディスプレイには「ｍａｍａ」と出ていた。母だ。

何かあった時のために、と母に携帯電話を買ってやったのはよかったのかどうか。シルバーホンというもので、宛て先は三か所しか登録できない。面倒な操作はいらず、ボタンさえ押せばいつでも娘が応じてくれる、と知り、母はこうやってしょっちゅう、時間もかまわず電話をかけてくるようになった。

席を立って店の外で喋ろうかと思ったが、長話する気はさらさらない。一言二言、交わしてから切ってしまうつもりで、さくらは小声で「どうかした？」と応じた。

「ひどいのよ、敦子さんたら」と母は前置きもなく喋り出した。「さっきね、あたし、おしっこもらしちゃったんだけど……ううん、ほんのちょっぴりよ。ほんとにちょっぴり。お便所に行くのが間に合わなくて、廊下んとこでね、ほんのちょっぴり、出ちゃっただけなんだから。それなのにね、敦子さんたらものすごい剣幕で怒るのよ。鬼みたいな怖い顔して、後始末も自分でできないんだったら、これから、し瓶を使ってもらいますからね、って。ねえ、ひどいでしょう。あんまりよ。し瓶だなんて、あたし、そんなもの……」

「そういう話はあとでね」とさくらはできるだけ優しく諭した。「今、外なの。まだうちに帰ってないのよ」

「謙一は今日も遅いのよ。まだ帰って来ないの。明日は病院なのに、誰が連れてってくれるんだろう。敦子さん、あんなに怒ってたから、連れてってくれないかもしれない」

「ママったら、大丈夫よ。心配しないでおやすみなさい。もう遅いじゃない」

「連れてってくれなかったらどうしようね。もうお薬、なくなりそうだから、どうしても明日は病院、行かなくちゃいけないのに。先生からも、必ず来てください、って言われてるのに」

「取り越し苦労しないで。敦子さんは絶対連れてってくれるから。またね、ママ。ぐっすり寝てね。金曜日にはまた迎えに行く。今はゆっくり喋れないの。これで切るわね。おやすみ」

一方的に通話を切り、前を向こうとした時、持っていたトートバッグの手提げ部分が大きくたわんで、隣の男が読んでいたパンフレットの角に引っ掛かった。あ、と声を出しながら手を差し出したのだが、遅かった。はずみで、パンフレットがカウンターからすべり落ちた。

さくらは慌ててスツールから降り、床に落ちたパンフレットを拾い上げた。男に手渡そうとした時、目が合った。

男は、どうも、と低く応じた。若いに似合わず、どこかしら尊大さが感じられる言い方だった。

再びスツールに坐り直し、フォークを手にした。隣の席の男は今いちど、パンフレットを開き、前を向いたまま、ぼそりと言った。

「『月の光』にしてるんですね、ドビュッシーの」

初めは自分に向かって話しかけているのだとは思わなかった。さくらはそっと、男のほうを窺った。

「携帯の着メロ。さっき、聞こえました。いい感じですね」

「それはどうも」

「がちゃがちゃした着メロにしてる人、多いじゃないですか」

「がちゃがちゃ、って?」

「俺、音楽はクラシックしか聴かないから」

こういう手合いはたまにいる。クラシック音楽だけを好み、宗教画を愛で、古典文学についてだけ話したがるような……新しいものを忌み嫌い、古いものに執着することが高尚なことだと信じこんでいるような、そんな若者……。そのくせ、身につけるものや持ち歩くものに対しては敏感で、自分には現代的な美意識がある、と信じこんでいる。

「私はなんでも好きで聴くわ。聴かないのは浪曲と軍歌くらい。別にクラシック一辺倒ってわけじゃないんだけど」

「それでも『月の光』を着メロにしてる、っていうのはいいですよ」

「褒(ほ)められてるんだったら、お礼を言わなくちゃね。ありがとう。あなたはみんなが聴くような曲は聴かないの？」

全然、と彼は言った。「興味ないっすよ。だいたい、流行(はや)りの音楽を着メロにする神経は信じらんない」

「そう？」

「そもそも携帯ってのは、諸悪の根源なんだから」

ショアクノコンゲン、という言い方が、何かのアニメの中に登場する、陳腐な呪詛(じゅそ)のセリフのように聞こえた。さくらは苦笑した。

「じゃあ、携帯も持ち歩かないのね」

「持ってますよ。でも、連絡し合う時だけ使って、後は電源を切ってる。必要ないですからね」

「当然、携帯メールなんかもやらないんだ」

「あんなもん、それこそ必要ないでしょう。携帯で話すだけならまだ許せる。メールやってるやつは最低」

「若い子はたいていやってるじゃない」

「俺、若いやつが嫌いなんですよ」

さくらはくすくす笑った。クラシック好きの気取り屋は、幼稚で救いがたい反抗期のまっただ中にいるらしい。

「これ」と言いながら、彼は仏頂面をしたまま、カウンターの上のパンフレットを指さした。「さっき、同じ映画、観てましたよね。俺のすぐ後ろの列で」

「ええ」

帰りぎわ、目が合ったわね、と言おうとしてさくらはその言葉を飲みこんだ。どう見ても、相手はまだ二十歳そこそこである。そんな若い男が、三十八になる自分をナンパしてくるはずもない。若い男に話しかけられて、有頂天になっているように受け取られるのは癪だった。

「で、どうでした？」

「映画？　結構、感動したわ」とさくらは笑顔のまま、あたりさわりなく言った。この男相手に、ここで青臭い映画論を交わす気はなかった。

「俺、期待してなかったんです。この監督はマイナーながらいいものを撮ってて、結構、ファンだったんだけど、前作でがっかりしちゃってね。知ってます？『セニョール・セニョーラ』っていうやつ」

「ううん、知らない」

「あれはだめだったな」と男は腹立たしげに言った。「全然、だめだった。前衛を気取り過ぎて、ちっとも面白みがなかったですよ。監督の自己陶酔が見えちゃってね。しかもそれが、三流の自己陶酔で、下品なんです。だからね、今回もきっと駄作だろう、って、はなっから馬鹿にしながら観に行ったんです。でも、これはよかったですよ。すごくよかった。物語は単純で、笑っちゃうくらい古臭いんだけど、なんて言うのか、心が洗われるみたいな感じがあったな」

そうね、とさくらは言った。

「スペイン、って行ったことあります？」

「ないわ。あなたは？」

「俺も。行きたいと思ってるんだけど、なかなか機会がなくて。いいですよね、地中海に面したコスタ・デル・ソルのあたりなんか。だいたい、暑くてラテン的で、悲しい感じのする国って、好きなんです」

「悲しい感じ、って？」

「意味もなく泣きたくなるみたいな感じ。笑ってるのに、泣いてしまいそうな、ね。今日の映画もそうだったけど」

さくらはうなずいた。「太陽がかーっと照りつけてて、緑が濃くて、なんにも気分を翳（かげ）らせるものなんかないのに、なんだか泣きたくなるようなことってあるものね」

男は肯定も否定もしなかった。「映画はいつも一人で観るんですか」

「一人のほうが気楽だし。観終わってから、連れの人にどんな感想を言おうか、ってこと、あれこれ考えるのも面倒だから」

「デートで映画、ってやつの気が知れないですよね。互いに前を向いて、スクリーンの中の話にのめりこんでるくらいだったら、初めっから一人で行ったほうがいい。二人で行く意味なんて、全然ない」

「さっきから聞いてると、若いのにずいぶん、流儀にこだわるのね」

「全然若くなんかないですよ。もう二十三だし」

おやおや、とさくらは言い、からかうように笑ってみせた。「二十三で若くないんだったら、私なんかもう、お墓の中だわ」

「そういう意味で言ったんじゃありませんよ」と彼は不機嫌そうに言った。「年齢なんかどうでもいい、って言いたかっただけです」

ねえ、とさくらは、まだ手をつけていないアップルパイの皿を男のほうに差し出した。「よかったら半分、食べない？」

「あ……でも……いいんですか」

「いいわよ。どうぞ」

通りかかった従業員にフォークをもう一本、持って来てもらい、さくらはその若い男と黙ってアップルパイを分け合って食べた。知り合ったばかりだというのに、他人のような感じがしないのが不思議だった。

「甘いもの、好きなのね」

「わりと」

「アルコールは飲まないの？」

「飲みますよ。ザルみたいに強い」

男はあっさりと言い、無表情のまま、使い終えたフォークをナプキンの上にきちんと載せた。

「ごちそうさま。うまかったです」

「どういたしまして」

「さっき、携帯に電話かけてきたの、お母さんですよね」

「そう」

「お母さんなのに子供の相手をしてるみたいな喋り方するんですね。あ、だからって別に、聞き耳たててたわけじゃないですよ。聞こえてきちゃっただけだから」

「母はね、少しボケが始まってるの。それで何かっていうと、私に電話かけてくるのよ。今は兄夫婦と同居してるんだけど。兄のお嫁さんと、あんまりうまくいってないの。何か気にいらないことが起こるたんびに、携帯、鳴らしてくるわけ。朝だろうが夜だろうが。あなたのお母さんはお元気なの？　そりゃあ元気よね。まだ、四十代だろうし」

「おふくろはいません。俺が高校の時に死にました」

「あ、ごめんなさい」

別に、と彼は言ったが、それ以上の言葉は口にしなかった。

さくらが煙草を手にし、「いい？」と聞くと、彼はかすかに眉を上げ、「どうぞご自由に」と言った。「俺はあんまり煙草はやらないんだけど、煙草を吸う人って好きなんです」

「変わってるのね。どうして？」

「自由ってこと、意識してるじゃないですか。自分で自分の好きなことをやってる、っていうね。煙草を吸うと癌になる、ってこんなに言われてても、吸うっていうのは潔いですよ。逆に吸わない人は嫌いです。信用できない。嫌煙権を主張するやつがいるでしょう？」

「いるわね」

「そういうやつに限って、群れたがって、ジャンクフードも口にして、占いに凝って、足のうら療法なんてのにはまったりするんだ」

あはは、とさくらは笑い声をあげた。「群れてジャンクフード食べて、占いやって、足のうら療法にはまってる人がそんなに嫌い？」

「死刑ですね。極刑ですよ。不健康なら、本当に不健康なやつのほうが信用できるんです。中途半端に何か健康的なことを主張するやつらは、洗脳されてることに気づいてない、ただの馬鹿ですもんね」

「洗脳？　何に？」

「さあね。時代ですかね」

彼はふてくされたように肩をすくめ、カップに残っていたコーヒーをあおるようにして飲んだ。

ガラスの向こうの舗道には、ちらほらと小雪が舞い始めていた。空気が澄んでいるせいか、街の明かりが瞬く星のように見える。

「ね、見て。寒いと思ったら、やっぱり。雪よ。雪、降ってきちゃった」

「雪山で自殺するってこと、どう思います？」

「え？」

「ちょっとつきあってた女の子がね、雪山に入って自殺したい、ってずっと言ってたんです。いつも死にたがってた子で、そういう子って、案外、実行しないもんじゃないですか。でも、ほんとに死んじゃった」

「雪山で？」

「ううん。ビルから飛びおりて」

さくらは黙っていた。

ふふっ、と彼は笑い、馬鹿ですよね、と言った。「雪山で死んだら、きれいなままでいられるからいい、っていつも言ってたくせに、彼女、ぐっちゃぐちゃになってね、すごく汚く死んでった。顔なんか、ひんつぶれてたしね。死に顔、最後まで見せてもらえなかった。でもまあ、それでよかったんですけどね」

「何がよかったの」

「飛びおりたのが明け方だったんです。ビルの屋上から見たら、きっと道路が白くて、雪みたいに見えたんですよ。彼女、雪の中に身を投げたつもりだったんです、多分」

そう、とさくらは言い、吸っていた煙草をアルミの灰皿でもみ消した。「なんだか、お酒、飲みたくなっちゃった。つきあわない？」

男はふと我に返ったように顔を上げ、にっこりと微笑んだ。「いいっすよ」

……それが近藤達也との出会いだった。

達也の父親は横浜に住む資産家で、達也は父親所有のマンションに一人で暮らしていた。

世田谷区にある白亜のマンションには、地下に専用駐車場もついている。駐車場に停められているのは、父から借りて乗りまわしているという黒のＢＭＷである。

都内にある私立大学の大学院に通い、フランス文学を専攻している。達也の学費はもちろんのこと、生活費および小遣いは毎月、父親から銀行に振り込まれる。小遣い銭にいたっては、「月に二度、オペラのＳ席のチケットを二枚ずつ買って、女の子を誘って聴きに行って、帰りに食事を奢ってやっても充分、お釣りがくる」ほどの額だという。

母親の死後、まもなく父親が「新しい母親」を連れてきた。京都でバーを経営していた女で、父親よりもひとまわり以上若い。

出身が大阪とかで、どこかあやしげな京言葉を話す継母とは初めからウマが合わず、同じ屋根の下に暮らしていながら口をきくこともめったになかった。

達也はよく、さくらに向かって、その継母の口まねをした。「『達也君てば、いっつもいっつも、むつかしそうな音楽聴いて、むつかしそうな本ばっかり、読んではりますのんねぇ。やっぱりどこか頭の中が違うんですやろか……なんですのん、これ。へえ、ベルリオーズやて。知らん曲やなあ』……」

声を出して笑ってもいいものかどうか、さくらは微笑をたたえたまま、聞いている。

「ベルリオーズが曲名だと思ってるからって、だから俺があの女のことを嫌ってるわけじゃないんだ」と達也は言う。「あの女、シャネルのスーツを着ることが教養だと思いこんでる。マジで救いがたい」

さくらが知る限り、彼には友達と呼べる人間がいなかった。かといって社交的でないわけでもなく、ふらりと入会したワインの会のメンバーだの、クラシックファンの集いで知り合った連中だのに誘われれば出向いて行って、相応の交流もしている様子だった。

彼が嫌うのは、表層を撫でているだけの関係であるにもかかわらず、そこに深い絆があると信じている人種だった。表層を撫でたいのなら、撫でてだけいればいい、本物の絆が欲しいのなら、毒を浴びせられることを覚悟の上で、正面から切りこんでくればいい、というのが彼の意見だった。

好きなオペラは『ドン・ジョバンニ』と『ペレアスとメリザンド』。好きな作曲家はブラームスとベルリオーズ、ショパン、モーツアルト、バッハ、ロッシーニ、そして、交響曲第五番に限って言えば、マーラー。好きなピアニストはポリーニ、リヒテル、ホロヴィッツ……。

若い女の大半が、若いというだけで彼の好みには合わず、中でも裸に近い恰好で街を闊歩する若い女、外見を過剰に飾りたてる女、あるいは外見に気を配らない女、ファーストフードを「おいしい」と言って食べる女、笛のような甲高い声で喋る女……を彼は軽蔑し、憎んだ。

生きていることが楽しいことだと思っている人間を信用せず、かといって、生きることが虚しいと嘆く人間も信用しない。頭の悪い人間は嫌いだが、頭がよくて自信にあふれている人間はさらに嫌いで、そういう人間と喋っていると、時に刺し殺したくなってくる……そんな話を折りにふれ、達也はさくらに打ち明けた。

会うのはいつも、さくらが仕事を終える夜七時過ぎで、達也はたいてい、さくらが働く麻布十番のインテリアショップの前まで迎えに来た。

待ち合わせるのなら、場所を言ってくれればまっすぐ行くから、といくら言っても聞かない。どうせ暇だから、と達也は毎晩のようにBMWを運転し、店の前までやって来る。

「ほら、また来てるわよ、あの男の子」と同僚からは冷やかされる。「なんだか怪しいのね。どうやって見つけたの？　しかもあんなに年下で」

「そういう関係じゃないのよ。ただの友達なんだから」

「ただの？　それにしちゃ、熱心だわよね。なんだか恋人みたいよ」

「やめてちょうだい。ちょっと複雑な家庭の子でね。話し相手が欲しいだけなのよ。お母さんみたいに思われてるんだわ」

「怪しい、怪しい」

さくらはそれ以上、相手にしない。人から見れば奇異な関係に見えるのかもしれないが、達也と自分の間に男と女の要素が何もないことは、さくら自身がよく承知していた。

達也は本当に友達だった。ひょんなことで知り合った、年の離れた風変わりな友達……。

帰り支度をしてさくらが店から出て行くと、達也は表情を変えず、挨拶もせず、黙ってさくらを助手席に乗せて、車を発進させる。近くの店で簡単な食事をし、そのまま帰ることもあれば、目的のないドライブに出ることもあった。

ドライブといっても、近隣ばかりである。レインボーブリッジを渡って横浜方面に向かったり、首都高速から東名高速に入って川崎インターで降りてみたり、せいぜいがその程度で遠くには行かない。翌日のさくらの仕事に支障のないよう、遅くならないうちに戻って来ては、達也は古川橋の近くにあるさくらのマンション前まで送ってくれた。

週末の金、土、日曜日はさくらが母と過ごすことになっているので、達也は来ない。だが、一度だけ、三軒茶屋の兄の家まで母を迎えに、達也の車で行ったことがある。義姉は達也を見て、「あの人、誰」と聞いてきた。

ちょっとした知り合いなの、とさくらが言うと、へえ、と笑顔の中にも、険のある目つきを返された。「さくらちゃんも結構なご身分ね。私も若いボーイフレンドを作って遊びたいもんだわ」

以来、金曜日には達也とは会わなくなった。これまで通り、電車を使って母を迎えに行き、再び電車に乗って自分のマンションに連れて来る。お母さんの送り迎え、俺が行ってやるよ、と達也は言ってくれたが、断り続けた。

年を重ねるごとに、人の気持ちの中には湿った黴（かび）のような感情が増殖し、妬（ねた）みやそねみ、憤（いきどお）り、苛立（いらだ）ちになって悪臭をまきちらす。人々は自分がかかわっている現実にしか目が向かなくなる。苦悩も苛立ちも何もかもが、現実の中でのみ、堂々巡りを繰り返すようになっていく。

だが、現実の中に横たわる、生臭い悲しみや苦しみの底にすらも一片の無垢（むく）があるのかもしれなかった。

それは時に、雲間から射しこむ光を浴びて、弱々しいが透明な輝きを放つ。追いすがっていきたくなるほど、美しい光である。そんな淡い光を肉体の内側に感じていられれば、どれほど救われることだろう。どれほど元気づけられることだろう。

そういうことをさくらに感じさせてくれたのは、他ならぬ達也だったのである。

達也と知り合って四か月ほど経った五月の金曜日の夜、仕事を終えたさくらを迎えに来た達也は、生田(いくた)緑地のあたりまで行ってみよう、と誘ってきた。

首都高速から東名高速に乗り、川崎インターで降りれば生田緑地までは近い。多摩丘陵の一角になっている自然公園で、付近は雑木林に囲まれている。園内散歩はできなくても、そのあたりまで行けば都会の雑踏から離れた、という感覚を味わえる。

ゴールデンウィークに仕事の都合上、休みが取れなかった兄が久々に休暇をとり、義姉を慰労するつもりもあったのか、信州の温泉めぐりに出かけることになった。母は一時的に、ショートステイとして施設に預けられていた。

母と過ごすことから解放される、久しぶりの週末だった。さくらの気持ちは躍っていた。

お弁当買ってってって、車の中で食べようか、とさくらが言うと、達也も乗り気になった。二人は目についた道路沿いの弁当屋で海苔(のり)弁当と、カップ入りの味噌汁を買った。何か甘いものも欲しいな、と達也が言うので、コンビニに寄り、一つ百円のシュークリームを二つとミネラルウォーターも揃えた。

「ピクニックに行くみたいだ」と達也はハンドルを握りながら、はしゃいだ調子で言った。「『ナイト・ピクニック』っていうタイトルの映画が、作れそうだね」

「それって、どんな映画になる？」

「文字通り、夜のピクニックでさ。無法者の男と女が車で遠出して、月明かりの中の草原でピクニックを楽しむ。風が吹いてて、草がさらさら鳴って、誰もいなくて、草の上に寝ころぶと、空いちめんの星」

「何も起こらないの？」

「二人が持ってきたポットにはコーヒーが入っててさ。そこには男があらかじめ入れておいた青酸カリか何かが混ざっててさ。女ももちろん、そこに青酸カリが入ってることを知ってて、ピクニックの総仕上げに、二人はそれを飲むんだ」

「心中？」

「まあね。二人は追われてて、もう逃げきれなくなってて、それがわかってるからコーヒーを飲むんだよ。夜の草原で」

「なんか、こないだ観た『スパニッシュ・リベンジ』を思い出すわね。ちょっとだけ、雰囲気が似てる」

うん、と達也は言い、「でも、いいだろ？」と聞いた。

いい、すごくいい、とさくらは言った。

自分との関係を元に、達也がその種の物語を思い浮かべたのではないことは、充分、承知していた。達也の頭の中をめぐる夢想は、いつだって現実離れしていた。

夢想から離れ、現実に戻ろうとした時にだけ、彼は反抗期の少年のようになる。稚拙なほど刺々しい言葉が彼の口から吐き出される。その連鎖の中にあるのが彼であり、自分という人間はその彼が作り上げる孤独な舞台の、たった一人の観客として位置づけられているに過ぎないのだろう、とさくらは思っていた。

生田緑地に着くと、達也は駐車場から少し離れた木立の下に車を停めた。夜のその時刻、緑地を訪れる者もなく、時折、地元のものとおぼしき車が行き交う程度で、あたりはひっそりしている。

木々の青葉が鬱蒼としていて、見通しは利かないが、それでも民家の明かりや遠い街の灯、中空に浮かぶ半月の光が、木の葉の隙間から木もれ日のようになってもれてくる。車の窓を開けると、かすかに花の香りを含んだ風が頬をかすめる。薔薇の香りに似ている。

二人はシートに坐ったまま、買ってきた海苔弁当を拡げた。カーステレオのＣＤから流れてくるのは、モーツアルトのオペラ『ドン・ジョバンニ』。

達也の車でオペラを聴くのにも慣れた。押し黙ったまま、それぞれの思いに浸りつつ、何か別のことをしているのにも慣れた。

そこに男と女としての緊張感はないのだが、互いの距離はとどまるところなく近づき合って、血と血が混ざり合っていく時のように、異質だったものが一つになるような気がしてくる。

姉弟のように、ではなく、幼なじみのように、でもない。まして、好き、とか、恋している、とか、惚れた、とか、そういった烈しい感情の動きは皆無で、静かに流れていく水のように自分たちはここまで来て、いっときの時間を共有し合っている、とさくらは思う。

「雪山で死にたがってた子の話、覚えてる？」弁当を食べ終え、ミネラルウォーターをひと口飲んだ達也が、ふいにそう聞いてきた。「飛びおり自殺しちゃった子だけど」

「……覚えてるわ」

「ほんとはさ、一緒に死のう、って言い合ってたんだ」

「どうして」

「逃げたかったから」

「何から？」

「すべて」

「昔から、すぐそういうふうになる人だったのね」

「そういうふうに、って？」

「一緒に死ぬとか、逃げるとか……」さくらは短く笑ってみせた。「さっきの『ナイト・ピクニック』の話にしてもそう。そういうことに対する憧れがある人なんだ」

「違うよ。憧れなんかじゃない」

「まあ、いいわ。で、どうしたの？　どうしてあなたが死なないで、彼女だけ死んだの」

「先を越されたんだ。そのはずじゃなかったのにね。勝手に先に死んじまいやがって、バカヤロー、だよ。彼女が死んだことは何とも思わなかったけど、約束を破られたことに腹が立った。こんなに重大な約束はなかったはずなのに」

「聞いていい？　すごく好きだったんでしょ？　彼女のこと」

「そりゃあね。めちゃくちゃ好きだった」

「結婚しようとか、一緒に暮らそうとか、そういう方向に話が向かっていかなかったのはどうしてなの？　何のタブーもない関係だったんでしょ？　何かから逃げるにしても、あなたたちを追いかけて来て、八つ裂きにしてやろうっていう相手はいなかったはずよね」

「そういうところで俺たち、生きてなかったから。結婚だの同棲だの、たとえそうしてたとしても、同じことを考えてたと思う。死にたいっていう彼女の気持ちは変わらなかっただろうし、それを俺も理解してたし」

「生きててよかったね」

「俺が？　どうかな」

「それなりに楽しいでしょ？」

「さくらさんといるとね、楽しいよ」

さくらは天候の話でもされた時のように、窓の外に目を向けたまま、あっさりと、私も、と言った。「私も達也君と一緒にいると楽しい」

「聞きたいと思ってたんだけど……さくらさん、好きな男、いる？」

「今？　いないわ」

「恋人、いないんだ」

「馬鹿ね。いるんだったら、あなたとこうやって毎日のように会ったりなんか、しないでしょ」

「別れたご主人のこと、思い出す？」

「全然」

「どうしてるかな」

「どうかしら。首を括ったという話は聞かないから、元気にしてると思うけど」

「さくらさんは、何が楽しくて生きてるの？」

さくらは首をまわして、達也の横顔を眺めた。フロントガラスに落ちてくるかすかな月明かりが、木の葉の影を落としていて、彼の顔にもまだら模様ができていた。

「青臭い質問ね。まるでテレビの三流ドラマに出てくるセリフみたい」

「答えてよ」

「そうね。何かきれいなもの、探してるんだわ、きっと。それが楽しいんだと思う」

「きれいなもの、って？」

「純粋なもの。無垢なもの。目に見えなくてもね、ちょっとでもそれが見つかったかな、って思うと幸せになれる」

あなたとこうやっている時間が特にね、と言い添えようとして、その言葉をさくらは飲みこんだ。どう表現しようとも、その種のセリフは通俗的な意味を伴ってしまう。言葉のもつ純粋さが、壊れていくような気がする。

「女の子っぽいところ、あるんだよね、さくらさんて」

「何、それ」

「今の若い子たちがさ、みんなさくらさんみたいな感じだったらよかったな、って思うこと、あるよ」

「若い子、嫌いなくせに」

「おばさんも嫌いだよ。おやじも老婆も老人も。ついでに言えば赤ん坊も。みんな嫌いだけど、でも、さくらさんは好きだ」

「友達として？」

彼は答えなかった。ただ黙って、わずかにうなずいただけだった。

さくらは微笑み、つと手を伸ばし、彼の腕に触れた。そして軽く摑み、ふざけたように動かして、「達也君、ちょっとこっち向いて」と言った。

達也がさくらのほうを向いた途端、さくらは間髪を入れずに達也の唇に軽く唇を合わせた。性の匂いの何も生まれてこない、淡い接吻だった。ふざけているつもりはなかった。そうすることは自然なことであり、さくらの中には緊張感も衒いも何もなかった。温かなものだけが満ちてきて、それがさくらを幸福にした。

「これ、友達としてのキスよ。私にとってもあなたは最高の友達だもん」

うん、と達也は少し怒ったように言い、何を思ったかふいにCDのボリュームを上げた。テノール歌手の澄んだ歌声が車内いっぱいに轟いて、それは風に乗り、窓から薔薇の香りのする木立の中に流れていった。

「近藤達也さんの付添いの方ですか」

近づいて来た看護婦にそう聞かれ、夢想に耽っていたさくらは、はっとして顔を上げた。

中年の小太りの看護婦だった。厚化粧をしているので、顔全体の皺が目立つ。乾いた唇の襞に、蛍光灯の白い明かりが刻まれて、そこだけが白茶けて見える。

看護婦はにこりともせずに、「ご家族の方はまだ到着されていないんですが……」と言った。「なんですか、なかなか連絡がつかずにいて、さっき、電話が通じたばっかりなんです。ですが患者さんの意識がはっきりしてきましたのでね」

「意識が？」さくらは椅子から立ち上がった。「意識が戻ったんですね？　ほんとですね？　助かったんですね？」

ええ、と看護婦は他人事のようにうなずいた。何をそんなに慌てているのか、と言いたげだった。「服用したお薬の量も大したことがなくてね、洗浄しただけで、大事には至りませんでしたよ。あの、失礼ですがお名前は」

「私ですか。寺田です。寺田さくら」

「患者さんが会いたがってますけど、どうなさいます？」

さくらは一瞬、腰の力が抜け、よろよろと椅子にくずれおちそうになった。「会います。会わせてください」

生田緑地に行ってから、達也はあまり連絡して来なくなった。気になって何度か携帯に電話したのだが、なかなかつながらない。メールも送り、返事を求めたものの、返ってくるのは三度に一度で、内容も他人行儀なものばかりだった。

どうしたの、と聞いても答えない。もう迎えに来てくれないの、と聞くと、行ってやるよ、と言い、その時はいつものように店の前まで迎えに来るが、向かい合わせで食事をしていても会話はどこか、気詰まりなものになる。

あの時、キスをしたのがいけなかったのか、と思うのだが、正面きってそんなことが聞けるような雰囲気は失われてしまっている。自分は嫌われたのだろうか、と思う気持ちと、いや違う、彼は照れているだけなのだ、と思いたい気持ちとが拮抗（きっこう）した。

雪山で死にたがっていた女の子とは、間違いなく深い関係にあったはずで、彼が性的に極端に未熟とも思えない。それどころか大人の男のように、経験豊富であるように見えることすらあったのだが、それも誤解だったのだろうか、とさくらは考えた。

そうこうするうちに、母親の痴呆の状態が進んだ。六月も末の日曜日、さくらのマンションで、ゴミを出して来る、と言って部屋から出て行った母の行方がわからなくなった。マンション地下のゴミ置場にもおらず、付近を探して歩いてみても見つからない。

片端から近隣の店に飛びこみ、母のような老女が来なかったか、聞きまわった。目撃した人はおらず、途方に暮れて警察に届けようと思った直後、道端に坐りこんで泣いている母を見つけた。

叱らぬよう注意して部屋に連れ戻し、わけを聞いたのだが、答えない。ゴミを出したことすら覚えておらず、気がつくと知らないところにいて怖くなって泣いてしまったのだ、という。

その話を兄に伝えると兄は新しい医者を探す、と言いだした。義姉は反対し、どんな医者がみたって痴呆は痴呆なんだから同じだし、施設に入れなくちゃいけなくなっただけのことだわよ、と突っぱねて、またぞろ夫婦は母をめぐる大喧嘩を始めた。

兄夫婦の関係を少しでもよくしてやりたい、という一心で、さくらは仕事を終えた後、三軒茶屋の兄の家に通いつめた。母の相手をし、兄や義姉をなだめ、それでも事態はいっこうに好転せず、逆に義姉から嫌味を言われる始末だった。

さくらちゃんはいいわよね、離婚したとはいえ、一人で気楽そうだし、おまけに年下のボーイフレンドまでいて、人生を楽しめて。

　さくらは黙って聞いていた。否定するのも億劫だった。こういう時、達也だったら何と応えるだろう、と考えた。あんたみたいな人、死刑だよ……低い声でぼそりと、そう言うのだろうか。

　徒労感だけを引きずって部屋に戻る日々が続いた。その間に、達也からの連絡は完全に絶たれた。何度か、電話もかけてみたが、留守になっていた。気楽さを装って打った携帯メールにも返信は来なかった。

　七月に入って間もなくの月曜の晩。一人で遅い時間に部屋に戻り、疲れ果てた身体に鞭うって、キッチンで洗いものを始めた時だった。居間の肘掛け椅子の上に放り出していた携帯の、『月の光』が流れ出した。

「さくらさん、久しぶりだね」

　達也の声はのんびりしていた。人を小馬鹿にしている、と思えるほどだった。さくらは思わず罵り声をあげそうになった。

　何よ、いまごろ。何度電話しても居留守を使ってたくせに。携帯メールの返事もよこさなかったくせに。一回こっきりの、年上の女からの軽いキスも許せないくらい、高潔な青年を気取りたいわけ？　皮肉屋のあなたの貴族趣味がどんなにレベルの低いものだったか、よくわかったわ……そう言ってやりたかった。

だが、達也はさくらの機先を制するように、「あのさ」と言った。少し声は嗄れていた。「今、月がきれいなんだ。梅雨はまだ明けてないっていうのに、おかしいね。空が晴れわたってて、澄んでて、こないださくらさんと見た空よりもきれいだよ。で、月を見てたら、なんだか急に、さくらさんの携帯の『月の光』を鳴らしてみたくなってさ。それで電話した」

それはどうも、とさくらは強張った口調で返した。「ロマンティックなお話ね。いったいどこにいるの？」

「車ん中」

「何してるのよ」

「別に何も。ぼんやりしてるだけ。会いたいな、さくらさん。会いたかった……すごく会いたかった……」

最後の一言は、考えてみれば不自然な響きを伴っていた。会いたい、と言ったのではない。会いたかった、と彼は言った。しかも、実際に会ってそう言っているのではなく、遠いところで、離れた場所で、そう言っているのだった。

だが、その時のさくらは彼の不自然さに気がつかずにいた。少女のようにはしゃぎ出したい気分だった。達也が戻って来た、会いたいと言ってくれた……。

自分がこれまで、どれほど達也の不在を寂しく思っていたか、初めてわかったような気がした。なんでもいいから、傍にいてほしかった。隣同士、寄り添い合って、子犬のようにじゃれ合っていてほしかった。

「ねえ」とさくらは咄嗟(とっさ)に思いついたことを口にした。「車なら、これからこっちに来られるでしょ？　私、さっき帰ったとこなの。久しぶりにあなたの車で、びゅんびゅん、高速を走りたくなった。高速から見る月もいいかもしれない。これから迎えに来て」

「いいね」

「でしょう？　いらっしゃいよ。待ってるから」

「行きたいよ」

「だから、いらっしゃいよ」

「うん。でも残念だけど、さくらさん。それはもう無理だよ」

「どうして？」

束(つか)の間(ま)の空白が流れた。ふっ、と達也は空気がもれたような笑い声をたてた。「俺……薬、たくさん飲んじゃったから」

髪の毛が一瞬、逆立った。さくらは携帯を握りしめた。雪山で死にたがっていたという、達也の前の恋人の話が頭の中をぐるぐる回り始めた。

「何言ってるのよ。薬？　何飲んだの。どうするつもりなの。今どこなの。教えて！」

「月がきれいだよ。ほんときれいだ」と達也は舌ったらずの口調で言った。「スペインに一緒に行きたかったな、さくらさんと。ほんとだよ。さくらさんと一緒に、スパニッシュ・リベンジをしたかった。アディオス、さくらさん。俺……気障かな。どっちみち、最低だよね。救いようのない馬鹿だよね。でも、アディオス、だよ。アディオス……俺、もう……」

「こっちです」

看護婦に案内されて、さくらは静まり返った病院の廊下を進む。膝が少し震えている。

馬鹿、と言うべきか。あなたみたいな頭でっかちの弱虫、二度と顔も見たくない、と言えばいいのか。それとも手を握り、頰を寄せ、涙を流しながら、よかった、よかった、生きててよかった、と言い続ければいいのか。

て、また一つ、どうしようもない荷物を抱えこむなんて、あなたも物好きね……と。

だが、この厄介な荷物こそが、今、さくらを支えているのである。さくらの中に新しい息吹を注ぎこんでくれるのである。この荷物を背負うことが、さくらに生きている実感を与えるのである。その重みは途方もなく愚かしいが、少なくともそこには穢れがない。

「若い人は困ったもんですよ」と看護婦がぶつぶつ言っている。大きな尻をしていて、歩くたびにナース用の薄い桜色のパンツに包まれた尻が、左右に派手に揺れる。

「こういう人、最近、多くってね。ほんとは死ぬ気なんかないのよ。中途半端に薬飲んで、担ぎ込まれて、胃洗浄されて、ひと眠りしたらけろっとしてる。大人になりきれてないんだわ。周囲を大騒ぎさせることで愛情を確認したい、ってとこかしら。まったくね、何を考えているのやら」

さくらは黙って聞いている。達也が寝ているベッドはどこにあるのか。看護婦は廊下の角を曲がり、まっすぐ進み、ぺたぺたというゴム靴の音をたてながら歩き続けている。

達也からの携帯電話が切れた後、さくらは何度もかけ直し、彼の携帯の電源が切られていることを知ってから、すぐに警察に通報した。友達が大変なんです。自殺しかけてるんだと思います。場所は多分、生田緑地の駐車場の近く。黒いＢＭＷを停めて、その中で薬を大量に飲んだらしいんです。すぐ行ってください。お願い、すぐに行って！

さくらは連絡先を聞かれ、関係を聞かれ、簡単に事情を聞かれた。悠長に喋っている暇はなかった。自分の携帯の番号を教えると、さくらは財布をつかんで部屋から飛び出した。

タクシーを拾い、生田緑地に到着した時、あたりにはパトカーが何台か停まっていた。野次馬も集まっていて、騒然としていたが、見慣れた黒いＢＭＷの中に達也の姿はなかった。たった今、救急車で病院に搬送された、と警官から教えられた。

ふと空を見上げたが、月は見えなかった。

「一週間くらい前にもね、あったんですよ、こういうこと」と看護婦が言っている。

「やっぱり若い人。女の人でしたけどね。自宅のお風呂場で薬飲んで、手首切って……。これまた、飲んだ量が中途半端。洗浄されて、苦しいだけなのにね。まあ、こっちは慣れちゃってますけどね。手当てさえ早ければ、どうってこともなく、すぐ退院ですしね。あ、ここです。この奥のドア。個室しか空いてなかったもんだから、とりあえず。じきにご両親がみえるだろうから、またここまで案内しますけど、それでもいいんですか？」

聞かれていることの意味がわからなかった。さくらが黙っていると、看護婦は意地の悪そうな、うすい微笑を乾いた唇に湛えた。「ご両親と病室で会って、何か問題はないのか、ってことですけどね」

何も、とさくらは言った。「そんなもの、なんにも。私はただの友人ですから」

ごもっとも、と言いたげに看護婦はもう一度、うすく笑い、去って行った。

さくらは引き戸形式になっている、卵色をした扉の前に立った。扉の向こうは静まり返っている。ことりとも音はしない。

ここを開けたら、自分は月を見るかもしれない、とさくらは思った。彼が見たのと同じ月。澄んだ群青色の中空に冴え冴えと浮かんでいて、その白い月明かりの中、手を伸ばすと、彼もまた手を伸ばしてくる。そして二つの手と手は触れ合うのである。重なり合った途端、それは二度と離れなくなるのである。

きっとそうだ、と泣きたいような気持ちにかられながら、さくらは扉の把手に手をかけた。

パロール

カウンターの向こうで、叔母の時江が伏し目がちになりながら、おでんにつける溶きがらしを練っている。店内にはラジオの音楽放送が流れている。歌手の平井堅が「大きなのっぽの古時計……」と静かに歌い続けていて、時折、その声に、引き戸を叩いて過ぎる風の音が重なる。

東京の十二月にしては寒すぎる晩である。そのせいか、客の入りは悪い。亜希子と入れ違いに中年のカップルが帰って行ったきり、建てつけの悪くなった店の引き戸が開く様子もない。時折、表通りを行き交う車の気配の中に、かすかに唸るような風の音が混じるばかりである。

「驚いたよね、ほんと」と時江は少し嗄れた声で言い、練りあげたからしを隣に立っている夫に手渡した。「はんぺんと卵と昆布だよ。いい?」

「わかってるよ。さっき亜希ちゃんから聞いたって」

「つみれもつけてやって。今夜は特別」

「よしきた」

亜希子は叔母の顔をじっと見つめながら、口を開いた。笑うような話ではないのに、噴き出したような言い方になりそうなのが妙だった。

「嘘でしょ」と亜希子は言った。「ね、おばさん。冗談言ってるんでしょ?」

「こんなことで冗談なんか言わないよ。生きてる人のこと、死んだなんて言いふらすほど悪趣味じゃないからね」

「じゃあ、ほんとなのね」

「ほんとよ」

「どうして」

「え?」

「どうして死んだの、古賀(こが)さん。……病気?」

「病気なもんですか。あんなに大きくて頑丈そうだったじゃないの。うちの旦那とプロレスでもやらせたら、旦那の肋骨(ろっこつ)、へし折られてたよ、きっと」

「だったら何?」

「うん。立山の例の工事現場でね、事故にあったんだって」

「事故？」

「重機が古賀さんのとこに倒れてきて、逃げきれなくて、腰だか背中だかをつぶされたんだよ。救急車で地元の病院に運ばれて……ずっと意識不明のまま、その病院で息引き取ったらしいわ」

「いっ」

時江の夫の茂雄が、お玉杓子を使って茹で卵を器に盛りながら「八月」と言った。

「なあ、おい、そうだったろ？」

「そう、八月。お盆が終わった頃だったたって話よ。ちっとも知らなかった。いつもなら、十月頃からぽつぽつ顔を見せてくれるはずなのに、今年は全然姿を現さないからさ。古賀さん、どうしたんだろうね、元気でいるのかしらね、って、うちでも言ってたとこだったんだけど……一週間くらい前かな、富田さんって、亜希子も知ってるよね、出版社に勤めてる人。富田さんがふらっと寄ってくれてね。そこで初めて亡くなったこと、聞いたのよ。もうびっくりしたの何のって」

「それがさ、亜希ちゃん、その富田さんだって、詳しいこと知ったの、最近だったたって話なんだよ」

「そうなのよ。富田さんがね、古賀さんにさ、書くほうの仕事、頼みたいと思って、連絡したらしいのよ。なんかよくわかんないけど、何て言うの？　随筆？　そういうものを富田さんとこの出版社で出してる雑誌に書いてもらいたい、って。でも、いくら連絡しても電話はつながらないし、手紙も宛先不明で戻ってきちゃうんだって。古賀さんって、そういう人じゃないじゃない。勝手に引っ越して、行方をくらますようなこと、絶対にしないタイプの人でしょ？　で、富田さん、急に心配になってね、立山の工事を請け負ってる会社に問い合わせてみたんだってよ。そしたら、もう亡くなってた、ってことがわかって……あらやだ、亜希子、あんた、泣いてるの？」

カウンター席に坐った亜希子は正面を向き、両手をだらりと下げたまま黙っていた。目には何も映らない。自分が何を考えているのかもわからない。

涙があふれてきて、頬を伝う。視界が曇る。唇は小刻みに震えている。

時江と茂雄とが、困惑したように顔を見合せているのがわかる。煮込みおでんの湯気が、曇った視界をさらに曇らせる。

一陣の風が吹きつけてきて、店の引き戸の硝子（ガラス）窓がカタカタと鳴った。

「すごい風」と時江がつぶやいた。「木枯らし、ってやつだな」と時江の夫も静かに相槌（あいづち）を打った。

亜希子の涙は止まらない。

亜希子が初めて古賀を知ったのは、一年前の秋だった。

その三日ほど前の晩、交際中の野口と別れたばかりだった。悲しいのか、悔(くや)しいのか、怒っているのか、絶望しているのかわからなかった。ひどくまとまりのつかない気分に陥(おちい)り、亜希子は仕事を終えてから、叔母夫婦が経営している居酒屋〝にしむら〟に出かけた。

自分さえ見て見ぬふりをしていれば、野口とも、もう少し続けられたのかもしれなかった。だが、できなかった。自分の他に、深い関係になった女がいる、とわかって、何事もなかったような顔をしていられるだけの寛容さは亜希子にはなかった。

「なんかあったね」

その晩、〝にしむら〟のカウンター越しに時江から小声でそう言われ、うん、ちょっと、と言葉を濁した。

時江は勘が鋭い。黙っていてもお見通し、というところがある。具体的な顛末(てんまつ)を話して聞かせるつもりはなかったものの、そんな時江を相手に、亜希子はいっそ、心模様を全部吐き出してしまいたいという衝動にかられた。

亜希子の他に、客はひとりしかいなかった。男がL字形のカウンターの片隅で、手酌で酒を飲んでいた。

年齢がわからなかった。少し額は広いが、禿げているわけではない。白いものがまじった、ちぢれ気味の髪の毛を長く伸ばし、首の後ろで結わえている。鼻の下と顎のまわりに、髪の毛と同じ色をした髭をたくわえている。黒い薄手のハイネックのセーターを着たその身体は大きくて、そうやって飲んでいると、うつむき加減になっている熊のように見えた。

見かけない顔だった。〝にしむら〟の常連なら、たいていは知っている。風貌からは芸術家か何かのように見えなくもなかったが、身体の大きさからすれば、むしろ引退したプロレスラー、と言ったほうがふさわしかった。

時江はカウンター内の流しで、ザルに入れた栗を勢いよく洗いながら、「別れたの？」と聞いてきた。水道の水飛沫が顔に飛びちって、時江は手の甲で皺の寄った目尻をこすった。

「どうしてそんなこと聞くのよ」

「そういう顔、してるから」

店内に絶え間なく流しているラジオから、ジェーン・バーキンの歌声が聞こえてきた。野口に他の女がいる、ということが発覚する直前、二人でふらりと入ったＣＤシヨップで、野口が勧めてくれたアルバムがジェーン・バーキンだった。音楽と言えば和製ポップス一辺倒だった野口が何故、と不思議に思ったが、多くは訊ねなかった。

　あれは彼の新しい恋人が好んで聴いていたものだったに違いない、と亜希子は思う。ジェーン・バーキンだなんて、これまで野口からその名を聞いたこともない。三十四にもなって、バーキンというブランドになっているバッグがあることも、よくは知らない男だったのに。

　亜希子は目を伏せ、猪口（ちょこ）を手にうなずいた。「おばさんを前にしたら、隠せないのね」

「やっぱり？」

「うん。……三日前。簡単だった」

「そうか」

「別れてよかったと思ってるでしょ」

「なんで」

「おばさん、彼のこと、あんまり評価してなかったもの」

　ふっ、と時江は曖昧（あいまい）に笑った。「そんなことはないよ。いい男だったよ、確かに。かっこもいいし、それなりの会社に勤めてて、育ちもよさそうだし。でもねえ、なんかこう、覇気がないっていうかさ、あたしには頼りない感じだったから……」

「ばか」と隣に立っていた茂雄が低くたしなめた。「おめえの相手でもなんでもないんだ。そんなの関係ないだろうが」

「あたしの相手じゃなくたって、男を見る目、ってのがあるでしょうが。あたしだったら、あの男は選ばないだろうな、って話をしてんのよ」

「亜希ちゃんが好きになって、亜希ちゃんが別れるって結論を出したんだ。とやかく言うな」

「ごあいさつだわね。とやかく、とは何よ。思ったことを正直に言ってるだけじゃないのよ」

「女のくせに、亜希ちゃんの気持ちがわかんねえのかよ。ぐだぐだ、つまらん話するな」

「あんたなんかに何がわかんのよ。別れてよかった、って話をしてるのよ。何が悪いのさ」

「だから、そういうのが亜希ちゃんにとっては、大きなお世話、ってんだよ」

五十七歳同士の夫婦は、カウンターの向こう側で罵り合いを始めた。いつものことだった。言葉はきついが、互いが互いの言うことを面白おかしく受け止めて、ゲームのようにいがみ合うこと自体を楽しんでいる。喉の奥に笑い声を滲ませている時すらあって、これものろけの一種なのか、と聞いているほうが馬鹿馬鹿しくなることもある。

時江は亜希子の母の実の妹にあたる。亜希子の母が十五年前に病死した翌年、長くつきあっていた茂雄と二度目の結婚をし、渋谷のはずれの路地裏に、この店を開いた。

若い頃に子宮を摘出してしまったので、茂雄との間にも子供はいない。痩せぎすの、茂雄に言わせると「鳥がら」のような体型をしていたが、贅肉のない分だけ、威勢はよく、時江は長い間、亜希子を明るく引き立てて、母親役、姉役を務めてくれていた。

あたしたちね、結婚した時からセックスなんかないんだよ、と言うのが時江の口癖だった。茂雄は茂雄で、「こんな鳥がらみたいな女、抱けるかい」と応じるのが常だったが、それでも亜希子の目には、一万回の性を交わした夫婦以上に、ふたりは親密に、時として淫らにさえ見えるのだった。

「ま、いいわ。で、どうなの、亜希子。聞いてあげるよ。何があったの、いったい」

「話せば長くなる」

「話したくなったら、いつでも聞くからね。そういうことって、誰かに話したほうがすっきりするもんだし」

「ありがとう」

「これでも男については、人並み以上にわかってるつもりだから」

ふん、と茂雄が鼻先でせせら笑った。「何がわかってんだか」

「うるさいね。悪いけど、あたしにはあんたの知らない経験、たぁくさん、あるんだから」

「どうせ、子供のころ、近所の悪ガキとお医者さんごっこした、って程度の経験だろうよ」

「まったく人を馬鹿にして」

髭の男がうつむきながら、くすくす笑った。亜希子が男のほうをちらりと見たので、男と目が合った。笑うと男の目は糸のように細くなり、日だまりで無心に草を食む、山羊の目を思わせた。

亜希子も軽く微笑み返した。ややあって、男が手洗いに立った時、亜希子は時江に聞いた。

「あのお客さん、初めての人ね」

「ううん、亜希子が会ってないだけで、もう何年か前から時々、うちに通ってくれてるんだよ。何やってる人に見える?」

「スポーツ選手か何か? もちろん現役じゃなさそうだけど。元プロレスラーとか元プロ野球選手とか」

「だよね、そんなふうに見えるよね。でも全然違うの。出稼ぎで力仕事してる人なのよ」

「出稼ぎ?」

「富山のね、立山だったっけ、あのあたりの山奥で砂防工事の仕事についてるんだって。夏の間だけ働きに行って、秋になって雪が降り出すと東京に戻って来るの。そういうこと、繰り返してるの」

茂雄が器用に栗の皮をむきながら、「感じのいい人だよ」と言った。「とってもね。酒の飲み方もきれいだし。古賀さん、っていうんだ。下の名前は知らないけど」

「さすがに肉体労働してるだけあって、若く見えるよね。とても六十五には見えない。五十になったかならないか、って言っても充分通用するよ」

六十五なの? と亜希子は形ばかり聞き返した。叔母の店に来ている客の年齢になど、何の関心も持てなかったが、叔母夫婦が、亜希子と野口が別れたという話題から離れたがっているのがわかったので、興味を持ったふりをした。「全然見えないわね」

「でしょう?」

古賀が手洗いから出て来た。時江は古賀を引き止めて、亜希子を自分の姪だと紹介した。

古賀は立ったまま、ぺこりと頭を下げ、「よろしく」と言った。再び頭を上げた時、古賀は髭で被われた口もとに柔和な笑みを浮かべたまま、「あなたなら大丈夫ですよ」と言った。

「は?」

「すみません。聞き耳を立ててたわけじゃないんですが、聞こえてしまったもので……。あなたなら絶対に、恋人、これからもたくさんできます。安心なさい」

あ、それはどうも、と亜希子は言った。言った途端、何かもっと気のきいたことを言うべきだ、と思ったが、古賀が自分の席に戻って行ったので、そのままになった。

古賀はそれからさらに酒を一本注文して、手酌で飲み、時江がサービスで出してやったアサリの佃煮を少し食べ、現金で勘定を済ませた。

帰りぎわ、「ではまた。お先に」と亜希子に声をかけてきた。

「どうも。おやすみなさい」と亜希子も言った。

ガラスの引き戸を開けて出て行く、その後ろ姿に老いが感じられた。肉体を使って生きているという男の、がっしりと筋肉に被われた広い背中にすら、長く生きてきた人間特有の、砂のような悲しさが漂っていた。

がらがらと音がして、引き戸が閉じられた。ラジオでは、ジェーン・バーキンが別の歌を歌い出した。ジェーン・バーキンの特集を組んでいるようだった。

「こういう音楽、うちの店の雰囲気に合わねえな」と茂雄が言った。

「いいんだよ、これで」と時江は半ばうわの空で応じ、改まったように亜希子に向かった。「さ、これで誰もいなくなったよ。もう今夜は客も来ないだろうから、話してごらんよ、野口さんのこと。聞くよ」

ううん、もういいの、と亜希子は言い、うすく笑いかけた。

ジェーン・バーキンの声は聴きたくない。なのに、聴いて聴いて聴きまくって、それでも平気でいられるほど、野口のことを忘れてしまいたい、と思った。

それから半月ほどたった十一月の初旬、亜希子は〝にしむら〟でまた古賀と顔を合わせた。〝にしむら〟はその晩、珍しく混み合っていた。

古賀は前回会った時と同じ、L字形カウンターの端の席に坐っており、空いているのは彼の隣の椅子だけだった。

「どうも」と古賀は言い、「どうも」と亜希子も返した。

「少し寒くなりましたね」

「そうですね」

「湯豆腐にしようと思ったんだけど、焼き魚の匂いを嗅いでたら、これのほうがよくなって……うまいですよ、ここの。もっとも、僕よりあなたのほうがよく知ってるでしょうけど」

古賀は焼いたししゃもを食べながら、酒を飲んでいた。亜希子も同じものを頼んだ。茂雄が亜希子に燗をつけた銚子を差し出すと、古賀は亜希子よりも先に受け取って、黙って猪口に注いでくれた。

「すみません」

「よく飲みに来るんですか、おばさんの店に」

「よく、でもないですけど、時々」

「強そうですね、酒」

「そうでもないです」

古賀はその日、ざっくりした編み目の紺色のセーターを着ていた。身体を動かすたびに、真新しい毛糸の匂いが漂った。

「少し元気になりましたか」

前を向いたまま、慎み深い口調で聞いてきた古賀に、亜希子もまた前を向いたまま、「ええ、なんとか」と応えた。「時間がたつにつれて、なぁんだ、そういうことだったのか、って、なんとなくね、いろんなことがわかってきたもんですから」

「そうですか。だったらよかった」

「つまんない話、聞かせちゃったみたいで恥ずかしいです」

「つまんない、って？」

「どこにでも転がってるような話ですから。男と女がつきあって、別れた、っていうだけのことだもの」

「別につまらなくはないですよ。男と女は、死ぬまでそういうこと、繰り返すもんだから」

「死ぬまで？」

「そう。死ぬまで」

「疲れますよね」

「そう。確かに疲れる」

亜希子はうなずき、酒を飲んだ。隣の席では、サラリーマンふうの二人が、若い女二人を連れて飲んでいる。その向こう側にはいつも来る中年のカップル。さらにその向こうは〝にしむら〟の近所で珈琲店を経営している初老の男と、その女友達。男と同世代の女友達は女房公認だそうだが、時江はいつも蔭で「あれだけのヘチャムクレなら、女房も公認するさ」とせせら笑っている。

何を話せばいいのか、わからなくなった。中規模の編集プロダクションに勤めている亜希子と、夏の間だけ立山に出稼ぎに行っている男とでは話題の接点がなさそうだった。第一、古賀のことは職業と年齢以外、何も知らなかった。

時江が「はいよ」と言って差し出してきたししゃもを亜希子が齧っていると、古賀はおもむろに立山での砂防工事の話を始めた。現場の近くの、男たちが夏の間生活を共にする山小屋の近くに、温泉があるのだという。

「何年か前に、自分たちで露天風呂、作ったんですよ。仕事の合間に山奥から温泉ひっぱってきて、岩を組んでセメントで固めてね。傍に簡単な脱衣所も作って……なにしろ、やせても枯れても、その道のプロばっかり集まってるわけですからね。自慢したくなるくらい、なかなかの出来ばえになって、テレビが撮影に来たこともあるくらいなんです」

「へえ、テレビが？」

「秘境の温泉特集、っていう番組でね」

「でも、そこはふつうの人は行けないんでしょう？」

「絶対無理。僕たちだけしか入れない。秘境どころの騒ぎじゃないような山奥ですからね。昼の間の仕事を終えて、夜になったら食事の後で、満天の星、眺めながら風呂に入るんです。湯の音しか聞こえない。天国です。僕なんかは、温泉につかるのが楽しみで立山に行ってるみたいなもんだな」

「動物も来るんですか」

「実際に来たのを見たことはないけど、気配はよく感じる。大きな動物らしいこともある」

「大きな……って、熊？」

「どうかな。カモシカかもしれない」

「猿は？」

「秋になって僕たちが現場を引き揚げた後、入ってるらしいですよ」

「温泉に？」

「そう。頭に手拭いのっけて」

亜希子はくすくす笑った。古賀も笑った。

優しい会話だ、と亜希子は思った。つい二週間ほど前、自分の部屋で野口と交わした刺々しい会話も会話なら、これもまた、会話なのだった。ふしぎな気持ちにかられた。

「こういう話、いいですね」亜希子はしみじみと言った。「こういう話聞くと、なんだか心が洗われます」

古賀が何も応えなかったので、思わず亜希子はもらした。「今も好きなのかもしれない、って思うんです、彼のこと。別れたくせに変ですけど」

「ちっとも変じゃありませんよ」

「何考えてる人なのか、結局、わかんないままだったんですけどね。三年もつきあって、ほんと、わかんなかった。都合が悪くなると、黙りこんじゃうような人だったから」

「自分にとって都合のいい話題の時しか喋らないんですね」

「そう。そうなんです」

「そういう時、あなたはどうしてたんです」

「仕方ないから私のほうから一方的に話しかけて、質問を繰り返してました。機嫌を悪くさせないように気をつかって」

古賀が熱心に話を聞く様子を見せたので、亜希子は野口というのがどういう男だったのか、問わず語りに話し出した。

別れましょう、と亜希子が切り出した時も、野口は黙りこんだ。どうなの、別れたほうがいいと思わない？　と畳みかけてみた。軽く笑顔さえ作った。それでも彼は黙っていた。

「相変わらずね」と亜希子は笑顔を凍りつかせたまま言った。「都合が悪くなると黙りこむんだわ。あなたはいつだってそうだった」

「別に都合が悪いだなんて、思ってないよ。ただ……」

「ただ、何なの」

「……うまく言えない。こんな時に……別れるだの何だの、って話になってる時に、そんなにすらすら、喋ることなんかできないよ」

ふだんは饒舌（じょうぜつ）な男だった。くだらないこと、どうでもいいこと、人の受けを狙って口にする冗談のたぐいなら、朝までででも喋っていたがるところがあった。

それなのに、ひとたび自分の内面を相手に伝えようとしなければならなくなると、言葉が途切れた。亜希子はいつも、質問役だった。で、どうなんだろう、それは例えて言えば、こういうことじゃないのかな、ね、そうじゃない？　……まるでカウンセラーだ、と情けなくなった。

野口は亜希子よりも一つ年上の三十四歳。いい年をした男、結婚歴も離婚歴もある男相手に、いつだって下手（したて）に出て、幼児をあやす保母のようになって機嫌を伺（うかが）い、優しく質問を続けてきた。そうしないと、相手の考えていることがわからないままになるからだった。

先に言い寄ってくる様子を見せたのは野口のほうであり、自分ではなかった。頻繁（ひんぱん）に携帯に連絡をよこし、食事に誘ってきたのは彼だった。日頃から憎からず思っていた男だった。共に食事をし、気のきいたバーに飲みに行く、というだけの関係がしばらく続いた。

野口は終始、紳士的だった。指一本、亜希子に触れないまま、行儀よく、深夜零時を過ぎる前にタクシーで亜希子の暮らすマンションの前まで送ってくれた。車の外に出て、にこやかな笑みを浮かべつつ、おやすみ、楽しかった、またね、と言う彼に、下ごころは感じられなかった。

どういうつもりなのか、と怪訝（けげん）に思った。ただの気安い女友達だと思われているのなら、それでよかった。だが、単にそれだけのことなら、これほど定期的に誘いの電話をかけてはこないはずであり、それなら何故、同じことを繰り返してばかりいて、関係を進展させようとしないのか、と亜希子は苛立つようになった。

何度か、質問を投げかけたこともある。私はあなたにとって何なのかしら、と。

野口は困惑したように微笑み返すだけで、答えようとしなかった。今にして思えば、それも当然だったろう、と亜希子は思う。きみは僕が愛している人だよ、僕が大切に思っている人なんだよ……そんな気のきいたセリフの一つや二つ、簡単に言えるだろうと思うのに、それが彼にはできなかったのだ。

「ただの照れ屋なのかな、と思ってた時期もあったんです」と亜希子は古賀に言った。

「でも、違うのよね。彼は単に言葉を知らないだけの男だったんです。知らない、っていうか、言葉を使いたがらない男。自分本位で生きてきて、相手に言葉でもって何かを伝えようとする努力なんか、全然してこなかった人なのね、きっと」

古賀が口を開けて何か言いかけた時だった。〝にしむら〟の引き戸が開き、男が一人、中に入って来た。ダークスーツに紺色のネクタイを締めた、小柄な男だった。

男は亜希子の隣にいたサラリーマンふうの二人連れに「お待たせ」と声をかけ、

「あれ、満席かな」と言った。

奥にいた珈琲店オーナーとその連れの女が「そろそろ私たち出ますから」と言い、席から立ち上がった。新しく入って来た客は「すみません」と言いながら、帰って行く客が勘定を済ませるのを立ったまま待っていた。

ざっと店内を見渡すようにして、最初に口を開いたのはその男のほうだった。「古賀先生。古賀先生じゃないですか」

大きな澄んだ声だった。先生、と呼ばれた相手が誰なのか、知ろうとしたのか、店内に居合わせた客とカウンターの向こうの叔母夫婦が一斉に、男の視線を辿った。

「こんなところでお目にかかるとは……いや、驚きました。覚えてらっしゃいますか。光談社出版部の富田です」

古賀は「ああ」と言った。落ちついた言い方だった。「よく覚えてますよ。久しぶりですね」

「二年ぶりくらいですか。うちの社の現代詩新人賞パーティーでお目にかかったのが最後だったはずですよね。先生、この店にはいつもいらしてたんですか」

「そうだね。こっちに戻って来るたびにちょくちょく」

「そうだったんですか。僕は初めてで……ちょっと今日はプライベートな集まりの流れで、ここに来るように言われたものですから。いやこれはほんとに驚いたな。まさか今夜、古賀先生とお目にかかれるとは思わなかった」

時江がカウンターの奥で目を見開いたまま、古賀と富田の顔を交互に見ている。こういうことに、時江は黙っていられない性分である。「あの……古賀さん。伺ってもいいですか。古賀さんって、先生、だったんですか。先生、って何の先生？」

「詩人の先生ですよ」と富田は席に腰を下ろし、茂雄が手渡したおしぼりを使って手を拭きながら時江に向かって言った。万人が知っているべきことを知らずにいる人間の無教養を非難するような言い方だった。「うちの社でも三冊ほど、詩集を出させていただいてます。といっても、先生は困ったことに、夏の間は一編の詩もお書きにならなくなっちゃうんですけどね」

「詩人！」と時江が声を張りあげた。「詩人、って、あの……詩を書く？」

「あったりめえだろ」傍で茂雄が低く呻くように言ったのが聞こえた。「大騒ぎすんな、ばか」

時江の目が亜希子を捉えた。次いで目の前にいる古賀を見つめ、「あらあら、まあまあ」と言った。「ちっとも知らなかった。あたしはまた……」

いいんです、と古賀は静かに、しかし、いくらか迷惑そうに言って、時江から目をそらした。「そんなことは、どうだっていいんです。それよりおかみさん、お銚子、もう一本、つけてくれませんか」

時江が「あ、はい。ただいま」と言い、茂雄は時江に向かって渋面を作ってみせた。富田は古賀に会釈をすると、合流した男女のグループと賑やかに話し始めた。

〝にしむら〟に流れる空気は元に戻った。

以来、亜希子は勤め帰りに〝にしむら〟で古賀と頻繁に会うようになった。

といっても、あらかじめ何日の何時に、と約束し合っていたわけではない。ふらりと訪れて、古賀が来ていれば、隣り合わせに酒を飲む。いなければいないで、来るのを待つようなこともせず、ましてあらかじめ叔母に電話をかけて「古賀さん、来てる？」と聞くこともなかった。

それでもたいてい、亜希子が「今夜あたり」と思って店に行くと、ふしぎなことに古賀がいた。また会いましたね、そうですね、と可笑しそうに言い合いながら、似たようなペースで酒を飲んだ。店内にはいつだって、ラジオの音楽が流れていて、それは演歌だったり古いシャンソンだったり、そうでなければ静かなバラード調のポップスだったりした。それ以外の音楽が流れ出すと、時江がチャンネルを替えた。

「言葉っていうのはね、不思議なものなんです」

　或る時、古賀は亜希子にそう言った。店には初老の男の二人連れがいた。茂雄と時江はその二人連れからビールをふるまわれており、酒に弱い茂雄はすでに顔を赤くしていた。

「不思議、って、どういう意味ですか」

「うん。例えばね、あなたが今、世界で一番愛していた人……人間じゃなくてもいい、犬でも猫でもいいんだけど、ともかく世界で一番愛していると思っていた相手に死なれた時、なんていう言葉が思い浮かびますか」

「そうですね。一言で言ったら、悲しい……でしょうね、やっぱり。それか、絶望？」

「そんなものですよね。それがふつうだ。だけど、例えば、ああ、せいせいした、っていう言葉が思い浮かぶこともあるかもしれない。愛しすぎて苦しくなって、死なれてみて自由になった、っていう感じ、不謹慎だの何だの、というのとは無関係に、そういう言葉が思い浮かんだ時にね、それが詩になるんです」

　亜希子は感心してうなずいた。「よくわかります」

「詩は難しいものじゃない。でも、詩人はいつも言葉と戦ってる。いつだって愛の言葉を探しながら、本当にふさわしい言葉を見つけられずに苦しむんです」

「はい」

「言葉はね、時に暴力にもなる。相手をぐさぐさ突き刺すこともある。そしてふしぎなことに、その暴力が愛だったりもする。モラルに反するような言葉とか、血を流すような言葉もね、何よりも深い愛を表現することがあり得ますから」

「相手に向かって、愛してる、っていう以上に？」

「そうそう。それだ。そのくせ、〝愛してる〟っていう言葉それ自体は、やっぱり何よりも強い言葉として残されるんです。実際にその言葉を口にすること以上に、〝愛してる〟という気持ちを表現するにふさわしいことはないかもしれない。そのあたりが難しいところです」

古賀は亜希子が酌をしてやった酒をするりと音をたてずに飲み、板わさに箸(はし)をつけた。

「今流れてる、この音楽、知ってますか」

聴いたことのあるような、ないような曲が店内に流れていた。フランス語で語りかけるように歌っている男と女。歌詞はわからないが、おそらくは掛け合いの言葉が織りなす愛の歌なのだろう、という察しはついた。

「いろっぽい感じのする曲ね。なんていう曲なんですか」

「『パローレ・パローレ』っていうんです。一九七〇年代の初めに、アラン・ドロンとダリダっていうイタリア系フランス人の女が歌ったんだけど、日本では確か、細川俊之と中村晃子だったかな、ヒットさせてました。邦題は『あまい囁き』っていうタイトルになってたかな。もっともオリジナルが流行った頃は、あなたはまだ二歳か三歳だったんだろうけどね」

「そんなに昔？　パローレ、ってイタリア語ですよね。どういう歌詞なんですか」

「女とみれば口説いてばっかりいる男がね、一人の女を口説いてるんです。口説かれてる女は、男が女とみれば誰でも口説きにかかる、口説き上手だということを知ってるから、半信半疑。男がいくら〝愛してるよ、きみしか愛せないんだ〟なんて言っても、信じない。嘘ばっかり、うまいこと言って……なんて応じて、それでも内心、小躍りしたくなるほど喜んでる……そんな男と女の駆け引きを歌った歌」

「私、大学の時、第二外国語がフランス語だったんです。そうね。パロールって、言葉、っていう意味だった。イタリア語だとパローレになるんだ」

「この歌うたってるダリダはね」と古賀は言い、虚空を見るようにして目を細めた。「後になって自殺しちゃいました。理由は知りませんが」

そうなんですか、と亜希子は言い、次の言葉を待った。

古賀は猪口を口に運び、再びするすると酒を飲んで、それ以上、何も言わなくなった。

言葉、というのは亜希子にとっても不思議なものだった。

自分が語りかけたのと同じ量、同じ質の言葉を相手に求めても、戻ってくることは少ない。ならば沈黙を受け入れるしかない、と思っていても、沈黙の中に意味がある以上、やっぱりそこには言葉が続々と生まれ、出口を見失って膨張し、破裂しそうになってくる。

亜希子が自分から男を誘ったのは、野口の時が初めてだった。

恥をかなぐり捨ててそんなことをしてみたのも、そうでもしなければ、彼の思っていること、自分に求めてきていることが摑めなかったからだった。

或る晩、いつものように自宅マンション前まで送ってきた野口に「コーヒーでも飲んでいかない?」と誘いをかけた。一人暮らしの女の人の部屋にあがりこむなんて、そんな危険なこと、できないよ、などと冗談まじりに言われたらそれまでにするつもりだった。

だが、野口はそう誘われるのを待ちわびていたかのように、いそいそと部屋にあがってきた。

コーヒーをごちそうし、ソファーに並んで坐ったまま、亜希子は自分から彼の首に両手をまわしてキスをせがんだ。野口の中で、こらえにこらえていた何かが、堰を切ってあふれ出す、その音を聞いたように思った。亜希子の知る限り、野口が本当の意味で積極的に亜希子に向かって意思表示をしたのはそれが最初で最後であった。

自分から誘って始まった関係である、ということが負い目になっていたわけではない。だが、何かが違う、何かがずれている、という思いが常に亜希子にまとわりついていた。

頭の悪い男であるはずはなかった。教養も学歴もある。現実に起こった出来事について語らせると、その知識の深さに驚かされることもあった。

だが、心情的な話題になった途端、野口は幼稚園児さながらに未熟になった。質問されたことに答えられない。言葉を濁す。黙りこむ。しまいにはふてくされて、こんな話やめようよ、と言いだす。

それでも野口と別れずに来たのは、単に寂しかったせいか。野口の何が好きだったのだろう。抱き合うとぴたりと嵌まるような感じのする肉体か。やわらかく、しとどに熟れた果実のようなその唇で、唇を塞がれた時に感じる淫らな感触、それだけがよかったのか。

「あなたの気持ちも、もう決まってると思う。そのはずだもの。お願いだから、自分の気持ちをごまかしたりしないでね。ごまかしたりされると、かえって辛いから」

別れ話を切り出した時、亜希子がそう言っても、野口は身じろぎ一つせずに黙っていた。亜希子も口を閉ざした。沈黙が続いて、それに耐えられなくなったほうが負けなのだ、と亜希子は賭けに出た。

沈黙はたっぷり十分間、いや、十五分近く続いた。先に口を開いたのは野口のほうだった。

「これ」と彼は言った。「返す」

テーブルの上に差し出されたのは亜希子の部屋の合鍵だった。

亜希子は鍵を見つめ、次いで野口の顔を見つめた。呆れてものも言えなかった。

丸一年というもの、口説いてきているのかそうでないのか、はっきりしないまま亜希子を食事にだけ誘い続け、業を煮やした亜希子が自ら行動を起こして関係を結んだ。その後、ともすれば何を考えているのかわからなくなるのを、折りにふれ、うまく聞き出して、三年間、恋人としてつきあい続けた。あげく、彼は他の女と親密になり、最後に彼が口にしたのは、「鍵を返す」……その一言だった。口にして欲しい言葉を決して言ってくれない男だった。甘やかしてもらいたかったのではない。歯の浮くような愛の言葉を連ねてほしかったのでもない。喧嘩をした時に、うまくなだめてほしかったのでもない。

亜希子は野口と言葉を交わし合いたかった。野口が何を考えているのか、どう感じているのか、野口の肉体を濾過して生み出された言葉を知りたかった。そこに教養や学歴や知識や話術など、ひとつもいらない、ただ単に、一生懸命、気持ちをこめて、亜希子に向かって訥々と何かを表現しようとする彼を見ていたかっただけだった。

結婚したいのではなかった。そんなつまらない、ありふれた人生のドラマを期待して関わってきたのではない。自分が野口に求めていたのは「愛」だった、と今になって亜希子は思う。

アイ、あい、愛……口にしてみても、それが意味することなど、何ひとつ、わかったためしがないのに、亜希子は愛が欲しい、と思ってきた。愛されている確証を得たいと願ってきた。

ただそれだけのために、野口とつきあい続けてきたのだ、と思うと、そのうすっぺらさに絶望する。そのくせ、絶望しながらも、やっぱり愛を言葉にして交わしたいと願ってやまない自分を感じる。

自分自身を呪いたくなるような瞬間である。にもかかわらず、亜希子は自分のその欲望の強さに屈伏した。これからも自分は、愛に関する言葉を探し、求めていくだろう、それなしにはいられないだろう、と亜希子は思い、その思いの中に沈みこむようにして生きているのだった。

「私、ずっとわからないままでいるんです。言葉で愛を表現するには、どうすればいいのか、って」

別の或る時、亜希子は〝にしむら〟のカウンター席で古賀に訊ねた。

年が明け、二月になっていた。東京に珍しく雪が積もり、入れ代わりたち代わりやって来る客たちが着ていたコートを脱ぐたびに、あたりに雪の匂いがたちこめるような晩だった。

「あなたはお幾つでしたっけ」

「三十三」と亜希子は言った。四十三でも五十三でも同じだ、とも感じた。年齢なんて、どうでもよかった。問題は言葉なのだった。

「三十三の若さで、言葉で愛をどう表現するか、わかってる人がいたとしたら奇跡だな」

「そうなんでしょうか」

「何よりも、愛してる、っていう言葉をほんとの意味で口にできる瞬間は、長い人生の中でも数えるほどしかないんです。場合によっては一度くらいしかないのかもしれない」

「たったそれだけ？」

「そうですよ」

「先生は何度くらい、その言葉を口にした？」

古賀はわざとらしく顔をしかめてみせた。

「僕のことを先生と言うのはやめてください。前にも言ったでしょう。古賀でいい」

「すみません。古賀さん……古賀さんは愛してる、っていう言葉を何回くらい、女の人に使いました？」

「数えきれないくらい」

「ほんとに？」

「それでも本当の意味でその言葉を使ったのは、一度か二度だったと思います」

亜希子はうなずいた。「古賀さんほど長く生きてらして、たったの一度か二度？

それは結婚されてた奥様に？」

古賀は自分のプライベートなことはあまり話したがらなかった。現在は一人で暮らしていて、かつて結婚したこともあるようだが、子供はいない。亜希子が知っていたのはその程度のことだったし、それで充分、と思っていたが、やはり興味はあった。

「さあ、どうだったでしょう。忘れたな」

「じゃあ、違う女の人に使ったんだ。そうですね？」

「かもしれない」

やはり、それ以上は話したくないのだな、と直感した。亜希子は話題を変えた。

「ほんとの意味で〝愛してる〟っていう言葉を使う時は、それはプラトニック・ラブじゃなければいけないんですか」

「いいや」と古賀は静かに首を横に振り、髭に包まれた唇に笑みを浮かべた。「とんでもない。そんなものは嘘だ。異性に向かう愛はね、もっと烈しいんです。烈しくて強い。あなたは誰か男の人から、僕は精神できみを愛す、愛す、愛す、なんて百万遍言われたって、ちっとも嬉しくないでしょう」

「そうね。それよりもがっしり抱きしめてもらったほうが、相手の気持ちが伝わるかもしれない」

「精神だけの愛というのは、僕に言わせればまやかしです。相手に肉体的な欲望をもたない愛は偽物だ。僕はそう思う」

「でも、肉体的な欲望をもって、精神的な愛情ももって、そのうえ、そこに言葉がほしい、って私、いつも思ってるんです。なのにそれがいつもうまくいかない」

「言葉、ね。パロール」

「そう。パロール」

亜希子と古賀は顔を見合せ、くすりと小さく笑い合った。

「聞いていいですか」と亜希子はおもむろに言った。「古賀さん、どうして夏の間、立山に出稼ぎに行くようになったの。そんなことしなくても、お仕事、ちゃんとお持ちなのに」

「身体を動かすのが好きな性分なんですよ」

「それだけ？」

「それとね、気取った言い方になるけど、世界とか宇宙とか、そういった大きなものを肌で感じていられるような暮らしがしたかったからだね」

「大自然の中で？」

「まあ、そういうことになります」

「よくわからないな」

あはっ、と古賀は乾いた笑い声を発し、カウンターの上に肘(ひじ)をついた。「空や星や月や山々や大地とね、ひとつになる。わかりやすく言うとね、そういう感覚に浸(ひた)っていたいんです。身体を使って仕事して、夜になってビールでも飲んで、温泉につかって、夜空を見上げるでしょう。そうすると、数えきれないくらいの星が迫ってきて、もう、言葉を失ってしまうんです。自分が宇宙の中のちっちゃな、ちっちゃなゴミみたいになって夜に溶けこんでることしか感じない。亜希子さん、言ってしまえば、それが愛なんですよ。異性に向ける愛も肉親に向ける愛も、飼ってる動物に向ける愛も、全部つながっててね、一つの世界を作ってる」

はあ、と亜希子は言った。

「愛の言葉、なんて、初めからないんです。もしかしたら、ぎゅっ、と抱き合った時の胸と胸の間にあるもののほうが、遥かに愛なのかもしれない。僕みたいに、山奥の露天風呂につかって、夜空を見上げてる時に感じるもののほうが、愛なのかもしれない。そういったものを一つ一つ、言葉にしようとしても無駄なのかもしれない」

古賀は自ら発する言葉の洪水の中にいながら、言葉の無駄を説き続けた。亜希子はうっとりとそれに聞き入った。ここにこそ、愛の言葉がある、と思ったのだが、うまく説明できそうになかった。

二人は黙ったまま、互いに酒を飲み続けた。新たに店に入って来た客が、雪の匂いをさせたコートを脱いで、「いやあ、珍しく積もってるよ」と時江に話しかけた。ラジオからは八代亜紀の歌が流れていた。

「古賀さんみたいな」と亜希子は言った。言った後で、猪口の中に残っていた酒を飲みほした。「古賀さんみたいな男の人に愛された女性は幸せですね」

「どうしてです」

「なんとなく」

「そうなんでしょうか。そんなこと、僕にはわからないですけどね」

古賀は徳利に残っていた酒を自分の猪口と亜希子のそれとに等分に注ぎ、しばらくの間、意味もなさそうにじっと猪口を見つめていたが、やがていくらか勢いをつけるようにしてそれを飲み、ふう、と小さなため息をもらした。

「もっと飲みますか」

「いや、今夜はこのくらいにしておきましょう。もうずいぶん飲んだ」

亜希子は微笑んだ。「ねえ、古賀さん。よかったら、酔い醒ましに、少し歩いてから帰りませんか」

「歩く？」

「ええ。雪の中、歩きたくなったの」

いいですね、古賀は笑顔で応じた。亜希子が支払おうとするのを制して、彼はズボンのポケットからわしづかみに千円札を何枚か、取り出した。

「おや、亜希子。古賀さんと一緒にお帰り？」

「そう。ちょっと散歩してからね」

風邪ひかないようにね、と時江は言い、一瞬、母親のようなぬくもりをこめた目で亜希子を見た。その目は明らかに、詩人という肩書をもつ風変わりな、しかも父と娘ほど年の離れた男となら、亜希子との間に何のもめごとも起こさないだろう、ということを物語っていた。

そもそも時江にとって、自分に理解できない抽象的な話をする男は、おしなべて性的に安全なのだった。

亜希子と古賀は連れ立って〝にしむら〟を出た。のれんの向こうではさらさらとした粉雪が降り続いていた。

吐く息が白く頬にまとわりついた。傘は持っていなかった。二人の吐く白い息がもつれ合うようにして滲んでいく中、古賀は先に立って歩きながら、つと振り返り、

「転ばないように」と目を細めて微笑んだ。

路地裏から表通りに出て、どちらからともなく、駅とは反対方向に歩き始めた。どこか適当なところまで歩いて、疲れたらタクシーを拾えばいい、と亜希子は思った。もう一軒、飲みに行きませんか、と誘ってみたいような気持ちにもなった。だが、酒が飲みたいのではなかった。古賀ともう少し、一緒にいたい、話が聞きたい、と思っているだけなのだった。

雪は舗道に一センチほど積もっている。人が歩いた跡だけが、黒い不定形な轍（わだち）のようになって長々と伸びている。車道を行き交う車は、タイヤチェーンをつけているらしい。がりがりという金属音をたてて、ひどくゆっくりと走り過ぎて行く。

古賀はオリーブグリーンの厚手の半コートを着て、少しうつむき加減に歩いていた。亜希子はその少し後ろに従った。

大きな背中、広い肩……背丈も古賀の年代の男にしてはかなり高い。足取りも青年のようにしっかりしている。

それなのに、やっぱり亜希子は古賀の背中に老いを見た。流れ過ぎた膨大な時間をかき集めて、静かに音もなく発酵させているような背中だった。

「ずいぶん昔のことです」と歩きながら、ぽつりと古賀が言った。白い吐息が闇に滲んだ。「雪の多い土地に、家内と一緒に暮らしていたことがありました。雪が多いだけじゃなくて、気温が下がるものだから凍るんです。足腰、鍛えられましたよ」

「転ばないようにするために、筋肉、つかいますよね」

「いい運動です。寒くなんかない。それどころか、歩いてるだけで汗をかく。家内はいつも汗だくになって歩いてた」

「古賀さん、初めて自分から奥様の話、してくれた」亜希子は無邪気に微笑んでみせた。「なかなか話してくださらなかったから、私も聞きにくかったんです」

「三つ年下でした」古賀はそう言い、ふっ、と短い吐息をついた。タイヤチェーンを巻いて通り過ぎる車の音がそれに重なった。「もうずいぶん昔のことになります。家内はね、自殺したんですよ」

亜希子は黙っていた。粉雪が睫毛(まつげ)に舞い降り、視界が一瞬、乳白色に潤(うる)んだ。

古賀は相変わらず、少しうつむき加減になって歩き続けている。歩調は少しも変わらない。

「僕はそのころ、田舎の高校で国語を教えていましてね。僕たちの間には娘が一人いました。元気な子だったんですが、小学校にあがろうか、という時になって、遊んでいて車にはねられました。首の骨が折れていて、手の施しようがなかった。もちろん家内も僕も、地獄の底を見た思いがしましたよ。家内は泣いて泣いて、現実感覚すらなくしてしまうほど泣いてね。結局、その喪失感に耐えられなかったのでしょう。神経をずたずたにさせて、人相まで変わってしまって、或る朝、自宅の庭の物置で首を吊った」

街のネオンに照らされた舗道には、色とりどりの光があふれている。だが、行き交う人は少ない。学生ふうのカップルが腕を組みながら歩いて来て、女が滑りそうになったのを男が支え、げらげら笑い合っている。女がはいているのは、八センチはあろうかというピンヒールの靴である。

「発見したのは僕でした。うなだれてぶら下がってた家内の姿は、今も時々、夢に見ます。物置の板壁の隙間から、ちょうど朝日が幾筋もまっすぐに射しこんでいましてね。光の剣みたいになって、家内の身体を突き刺していた。こんな言い方、不謹慎かもしれませんが……宗教画のようにきれいだった」

どんな言葉を返せばいいのか、わからなかった。亜希子は古賀の歩調と合わせて歩きながら、黙りこんだ。

「僕は家内のことも娘のことも愛していました」と古賀は言った。「愛しすぎるほど、愛していた。神経を病んでいた家内には相当、手こずらされていて、癇癪を起こしたこともありましたが、死なれてみると、そこには愛しか残っていなかった。でもね、亜希子さん」

はい、と亜希子は言った。

古賀が少し振り返り気味に亜希子を見た。

「その気持ちを今も僕は言葉にできずにいるんです。詩人なのに、未だにできない。情けないほど、できない」

「愛している、という気持ちを、ですか」

「そう。どう頑張って言葉を編み出してみてもね、書き連ねた言葉は嘘になっている。真実ではない。ごまかしがあったり、気取りがあったり、複雑にさせたりしている分だけ、偽物にすり替わってしまっている」

「愛してる……きっとそれだけなんですね。それ以外、どんな言葉も嘘になるんですね」

うつむき加減になっている古賀が、笑みを浮かべるのが見えたような気がした。

「そう」と彼は言った。「あなたの言う通りだ」

賑やかな場所を歩き通して、いつのまにか街の明かりが少なくなった。もう少し先に行けば、代々木公園だ。

「古賀さん」と亜希子は呼びかけた。

「なんですか」と古賀は聞いた。

「奥様を亡くされてから、古賀さんは女の人を愛したことがありますか」

「恋は何度かしました。そのうちの何人かには、深い愛情も感じたんだと思います。でも、死んだ妻と死んだ娘に感じるような思いを抱いたことは一度もないですね」

「燃えるような恋をしていても？」

「燃えるような恋、をしたかどうかはわかりません。愛してる、と何度か女の人に言ったことはあります。我ながら驚くほど本気で言ってしまったこともある。でも、何かが違ってた。本当に〝愛してる〟という言葉を贈るのがふさわしいのは……家内と娘だけで、恥ずかしいことに、それが僕の人生でした」

「古賀さんなら、これからだって、〝愛してる〟って言える女の人が出てきそうなのに」

「いいや、もういいんです」

「どうして」

ははっ、と古賀は笑い声をあげ、「ちょっと失礼」と言って立ち止まるなり、コートのポケットからティッシュの包みを出して来て、大きな音をたてて鼻をかんだ。

「言っておきますが、泣いてるわけじゃないんですよ」と古賀は言い、少しいたずらっぽく笑った。「冷たい空気の中を歩いていると、いつも決まって洟が出るんです。あなたはそういうこと、ありませんか」

「あります」

「ティッシュ、使うんだったらどうぞ」

「ありがとう」

手渡されたティッシュの包みから、埃のたちそうなほど古いティッシュペーパーを一枚引き出し、亜希子もまた、鼻をかんだ。

古賀が手を差し出してきたので、亜希子は丸めたティッシュを古賀に渡した。古賀はそれを、自分が鼻をかんだティッシュと一緒に丸めてコートのポケットに押し込んだ。

「ちょっとはずれまで来ると、三センチ以上、積もってるように見えますね」と古賀は言った。

「スノーブーツがあればよかった。もっと歩きやすかったのに」

「そろそろ引き返しますか。それともここでタクシーを拾ってあげましょうか。僕は駅から電車で帰りますが」

「まだいやです」と亜希子は言った。「古賀さん、手をつなぎませんか」

「はい？」

「手、です。手をつないで歩きましょう。転ばないように」

古賀は亜希子を見つめ、目を細めて笑い、そうですね、と言った。「そうしましょうか」

二人とも手袋はつけていなかった。古賀がおずおずと出してきた手に手をつなぎ、亜希子はくすりと笑った。

「どうしたんです」

「古賀さんたら、手、もっとぎゅっと握ってください。じゃないと、ほどけちゃう」

「ああ、そうですね。じゃ、失礼して」

古賀の手は大きくて乾いていて、温かかった。その温かな手が亜希子の手を力強く握りしめてくるのがわかった。

性的な感じはしなかった。まるでしなかった。代わりに亜希子は、深い友情を感じた。世界に向けた友情のようなもの。古賀が言っていたような、空や星や月や大地や、木々の梢を吹き抜けていく風に向けて感じる、深い愛……。

そこに言葉はなく、無数の言葉をはらんだ沈黙があって、雪だけがしんしんと絶え間なく降り続いている。

夏の吐息

昌之（まさゆき）、あなたがいなくなって六度目の夏が巡ってきました。

今年の夏はひときわ暑い。梅雨に入ったのやら入らないのやら、雨も少なく、終わった時期も定かではないままに、いつのまにか夏になっていて、ずいぶん早いうちから都心の気温は三十度を超えていました。

東京郊外の、あなたが生まれ育ったこの街は都心に比べるといくらか涼しい。街はずれの小高い丘の上に建つ、古い家の周りには木も多く、例年、夏は思いがけず快適に過ごせたのに、今年はとてもむずかしそうです。ついにこの間、あなたのお母さんは我慢できなくなってクーラーをいっぺんに二台も買いました。

覚えていますか。玄関を入ってすぐ左脇にある八畳の和室。あなたのお母さんは、居心地がいいから、とあの部屋をとても気にいっている。最近では、小型の卓上ミシンで暇さえあれば買い物袋にアップリケをつけたり、お母さんが経営している化粧品店にしょっちゅう立ち寄ってはおしゃべりをしていく地元のお得意さんたちのために、ちょっとしたお化粧ポーチだの手鏡入れだの、布を使った小物を作って楽しむことが多くなっていたのですが、困ったことにあの部屋にはクーラーがない。西日が燦々と射しこむので、ただでさえ暑いのです。お母さんがまず、一台目のクーラーを取り付けたのはあの部屋でした。

そして、もう一台は私の部屋です。私の部屋……という言い方も変かもしれない。もとはと言えば、あなたが以前、使っていた部屋だったのですから。

七畳くらいの東向きの洋間。以前、この部屋にウインドウ型のクーラーを取り付けたことがある、とお母さんは言っていました。取り付けたのはいいけれど、あなたがそれを使ったのは数回しかなくて、そのうち私と恋におち、一緒に暮らし始めたものだから、宝の持ち腐れになってしまった。たまたま、お母さんのお店に来るお客さんの中に、ウインドウ型のクーラーを欲しがっている人がいて、だったらうちの息子の部屋のものを使ってよ、ということになり、さっさと外してしまったのだ、ということです。

高校時代にお父さんを交通事故で亡くし、それがきっかけであなたは大学に進学することを断念した。それでも役者になる夢だけは捨てきれず、必死になってアルバイトをするかたわら、小規模の俳優養成所に通い始め、私たちはそこで知り合ったのでした。

初めのうち私はあなたに興味はなかった。この話は何度もあなたにしましたね。そのたびにあなたは、面白くなさそうな顔をして、そうかよ、俺はそんなに魅力がなかったのかよ、と言った。私はふざけてあなたの頬を両手ではさんでぐしゃぐしゃと撫でまわしながら、今はこんなに魅力的だと思ってるんだからいいじゃない、と言ったものです。

いつも苦虫をかみつぶしたような顔をして、斜にかまえたふりをして、恰好をつけて、そのくせ、人一倍、感受性が強く、演技論など話し始めると止まらなくなる、という役者くずれの男は多かったのですが、あなたも例にもれなかった。養成所時代、何度かみんなも交(まじ)えて一緒に飲みに行ったものの、私が個人的にあなたと会いたいと思ったことはなかった。私は自分と似た感性をもっている男が苦手だったし、あの頃、私が好きだったのは、父親のように包容力のある、ぐんと年上の人ばかりでした。

そんな私たちが急速に近づくようになったのは、『野火は燃えて』で共演したからです。私もあなたも、まともな映画に出演して、かろうじて人の記憶に残されるような演技をさせてもらったのは、あの『野火は燃えて』一本だけだった。

懐かしい映画です。もうかれこれ七年たちます。私は二十六歳、あなたは二十八歳でした。

『野火は燃えて』の原作者でもある作家の大日向洋子先生とは、今も私は親交がある。先生とあなたと三人で食事に行ったこともありました。先生は今もミラノに、彫刻家のご主人と一緒に仲良く暮らしていらして、時々、私のパソコンにメールをくれます。でも、先生は決して、『野火は燃えて』のことには触れてこない。とても優しい方だから、あの映画に関する話題を出せば、私があなたのことを思い出して苦しむだろうと思ってらっしゃるんです、きっと。

それにしても、自画自賛するみたいだけれど、ほんのわき役でセリフもほとんどなかったにしては、私たち、いい演技をした。烈しいけれど、淫靡さのまるでない、どこかに清潔感すら漂う性交シーンを演じて、とりわけあなたは体当たりだった。

前バリなしで裸の私を抱いて、口腔と口腔をからめ合うようなキスをして、あなたの肉体が強く反応し、思わず勃起してしまったのもあの時でした。後でとても恥ずかしそうな顔をして、私にあやまってきた時、私はあなたのことがとても好きになったのです。

「ごめん。つい……」とあなたに言われ、初めは何を言われているのか、わからなくて、怪訝(けげん)な顔をした私に、あなたははっきり、「俺、勃起しちゃって」と口にしたのでした。

「知ってた」と私は言いました。「でも気にしないで。そういうこと、よくあるから」

うん、とあなたはうなずき、眩(まぶ)しそうな目で私を見ました。

あなたはあの時、どこかの古着屋から買って来たような、色褪せたテンガロンハットをかぶっていて、小さな顔に大きな帽子が少し不釣り合いだったせいか、とても表情が子供っぽく見えました。私があなたのことを最初に意識したのは、あの時だった。

役者とは名ばかりで、仕事が忙しいわけでもなかったのですが、あなたはめったに、お母さんが待つ家に帰らない人だった。たまに帰るとしても夏だけで、それもお盆の頃だけでした。

ところが、その頃は決まって部屋が暑いのです。暑い暑い、こんな暑い部屋では眠れないよ、安サウナで寝てるブタになったみたいな気分だ、などとあなたは文句を言ったのでしたね。それで仕方なく、ウインドウ型のクーラーをつけてやったのだ、という話をずっと後になって、お母さんから聞きました。

今度取り付けてもらうのも、同じものにしようか、それとも普通の壁掛け式のにする？　とお母さんから聞かれたので、私は、ウインドウ型にしてほしい、とお願いしました。あなたが使っていた部屋です。あなたが使っていた頃と同じように使ってみたい。そうすればあなたと一緒にその部屋で暮らしているような気分になれる。

私が正直にそう言うと、お母さんはふいにしみじみと泣きそうな顔をなさった。そして、喉の奥から振り絞るような声で「妙子ちゃん、妙子ちゃん、ほんとにありがとう」と言いました。あんまり幾度も私の名前を繰り返し、同じことを口にするので、私まで泣きそうになった。涙を見られたくなかったから、わざと晴れ晴れとした顔を作って、お母さんに笑いかけ、お母さん、ほら、泣いたりしちゃだめですよ、泣くの、やめようね、って約束したじゃないですか、と言ったものです。

そう。私もあなたと同じく、売れないながらも女優の端くれだったから演技はできる。あなたのお母さんの手前、何度演技をしたか、わかりません。昌之がいなくなったのは、何か事情があって姿を現せないだけのことなのであり、そのうちきっと連絡をしてくれる、戻ってくる、だから泣いたり絶望したりするのは金輪際、やめよう……お母さんとそう言い合って、これが最後、とばかりに抱き合ってわんわん、身をよじりながら泣いた晩以来、私とお母さんは互いに涙を見せないようになった。約束は約束だもの。泣いてばかりいたら、一歩も前に進めないし、何よりもお母さんは、私が笑顔でいることを望んでくださっている。

妙子ちゃんの笑顔は絶品だね、というのがお母さんの口癖です。見ているこっちまで元気が出てくる、ほんとに何て素敵な笑顔、清潔で明るくて素直で、天女様みたいな笑顔よ、などと言われると、お世辞だろうと思いながらも私まで嬉しくなってきて、気持ちが少し弾むのです。笑顔を絶やすまい、と思うのです。実際、あなたがいなくなってからというもの、私は自分自身の笑顔に救われてきたような気さえしています。

私は、あなたが昔寝ていたベッドで寝て、あなたが中学高校時代に使っていた勉強机に向かってぼうっと窓の外を見ながら、時々、こんなふうにあなたに向かって語りかけている。机の引き出しには、古くなった鉛筆だのボールペンだの、どこかの居酒屋のマッチだの、もう火がつかなくなった使い捨てライターだのが、歳月がもたらした埃（ほこり）と一緒になって押しこまれていて、そういうものをただ、無心にぼんやりと眺めていることもあります。

あなたの人生の一部が確実にそこにあって、あなたがいなくなってから私がそれを眺めている、ということがにわかには信じられなくなるのですが、いつだったか、引き出しの奥からあなたが昔、女の子からもらったらしい絵はがきが出てきた時は、自分でも驚くほど猛烈に焼きもちを妬きました。

「長崎に来ています。毎日楽しく元気に過ごしていますが、時々、とっても昌之に会いたくなります。東京に帰ったらまた会いましょうね。楽しみにしています」……ただそれだけの文面でしたし、多分、それはあなたが私と出会う前に、ちょっと気軽におつきあいしたガールフレンドから受け取った絵はがきに過ぎないものだったのでしょう。

でも私は嫉妬した。あなたの過去に嫉妬した。私の前から姿を消してしまう前に、あなたの過去も全部、あらかじめ自分のものにしておけばよかった、と思ったほどでした。

馬鹿な女だと思います。いなくなってしまった人の過去に嫉妬したり、独占欲を働かせたりしても仕方がない。しかもそれが、あなたと私が出会う以前の話となれば、微笑ましくはあっても、本気で嫉妬する必要など何ひとつないことは、いくらなんでも私にはわかる。

それなのに嫉妬している自分を知った時、妙な言い方だけれど、困惑すると同時に、私は嬉しくなった。自分が感じるこの馬鹿げた生々しい嫉妬心は、あなたが近々、この家に生きて帰って来ることの、嬉しい前ぶれなのではないか、と思ったからです。

あなたが帰って来たら、挨拶も何もなく、いきなり、これは何、と絵はがきをつきつけて、ふざけて怖い顔を作ってやろう、と考えたりもしました。あなたはいつもの癖で、眉を少しひそめて、本当に困ったような顔をして、唇の先だけでぼそぼそと「なんだよ、せっかく俺が帰って来たっていうのに、いったい何言ってんだよ。そんなもの、忘れたよ」と言い続けるに違いない。もっと困らせてやりたくなって、私はそんなあなたの前でむくれてみせて、「これ、破っちゃうよ」と言うのです。「こんなもの、破ってやる。破ってもいい？」

もちろん、いいよ、全然かまわないよ、とあなたは言う。心底呆れたように笑いながら。

私がそんなあなたを見上げ、なんだか急に可笑しくなって、睨みつけながらも笑い声をもらすと、あなたも次の瞬間、つられたように笑い出す。私たちはそこで初めて、互いの目をじっと見つめ合う。視線をそらせなくなる。笑顔がそのまま静止画像のように張りついて、世界も宇宙も遠のき、私たちにはもう、互いの姿しか見えなくなる。

やがてどちらからともなく歩み寄り、思わず強く抱きしめ合うなり、私たちは互いの耳元で「会いたかった。会いたかった」と聞き取れないほど小さな声で囁(ささや)き続けるのかもしれない。そして二人同時に泣きだして、互いの温かい涙を頰に感じながら、さらに深い嗚咽(おえつ)をもらすのかもしれない。

そんなふうに想像すると、嫉妬心もあなたがいなくなったこともどうでもよくなってくる。あなたは帰って来る、来るのだ、と心の底からまっすぐに信じられるようになってきて、束の間、私はうっとりするような幸福感を味わうのです。

生きているのか、死んでいるのかもわからない。もちろん、生きているに違いないと信じてきたし、確信もしています。でも、本当のことを言うと、この六年というもの、いついやな知らせがあっても驚かないように、と私は必死になって自分に言い聞かせながらここまでやってきた。

いやな知らせがあったという夢は、数えきれないほど繰り返し見てきました。内容はまちまちで、黒い服を着た見知らぬ男が突然、私の前に現れ、「佐藤昌之さんはとっくの昔に亡くなっているのですよ。知らなかったんですか」と言ってくる夢もあったし、仄暗(ほのぐら)く寂しい一本道をとぼとぼ歩いている私が、道端の、それほど背が高くない木の枝にぶら下がって死んでいるあなたを見つける、という夢もあった。もっと現実的なものになると、私があなたのお母さんと暮らすこの家に、警察の人がやって来て、お気の毒ですが、佐藤昌之さんと思われる遺体が発見されました、ご足労ですが、確認にいらしていただけますか、と言われる夢も見た。

そういういやな夢を見るのは、身体が疲れている時とか、生理になる直前とか、中途半端にお酒を飲んで、妙に寝つきの悪い夜などに多かった。ああ、今夜はまたあの夢を見るかもしれないな、と思って寝ると、やっぱりその通りになる。私は夢にうなされ、涙を浮かべ、時には叫び出して、自分の声で目を覚ますのです。

ああ、夢だったんだ、と半ばほっとし、額に浮いた汗を拭きながらベッドの上に起き上がってじっとしていると、荒かった呼吸も次第におさまってくる。窓にかけたカーテンの隙間から青白い月の光がもれて来て、庭の木々のシルエットが室内に映し出される。冴え冴えとした月明かりは薄青いインクのようになって室内に滴り落ち、そのうちベッドの上の私自身も月の光の中に溶け出していくような感じになる。

これはただの夢、と私は自分に言い聞かせる。あなたのことを死にそうなほど強く案じている気持ちが悪夢という形になって表れるだけのことであり、気に病む必要はないのだ、と。何度も何度も深呼吸をして、そう言い聞かせる。

そのうち夢に見たおそろしい出来事はおぼろな影のようになって遠のいていき、後には昌之、あなたと分かち合った、短いけれど濃密な時間の記憶だけが甦ってくる。私が一人、人知れず涙を流すのはたいていい、そういう時なのです。

昌之、会いたいよ、と私は声に出して言います。どこに行っちゃったの、なんで私に何も知らせてくれないの、お化けでも生霊(いきりょう)でもいいから、私の前に姿を現して、何か言葉をかけてちょうだい、そうしないと耐えられないよ……そんなふうにぶつぶつと呟(つぶや)き続け、自分が口にした言葉の刺激を受けてさらに泣き、どうにも眠れそうになくなって、そんな時、私はいつもそっと起き上がり、部屋を出て台所に行きます。

あなたのお母さんはお酒を飲まない。まだあなたが二十歳(はたち)くらいだった頃、病気で片方のお乳を取ってしまってから、一切、お酒もたばこもやらなくなった方ですから、台所に置いてあるウィスキーは私のもの。なくなりそうになるたびに、私が酒屋さんで買って来て、戸棚にしまっておくのです。

「妙子ちゃん、飲み過ぎは身体に毒よ」とお母さんは心配してくれるけれど、たまに少しくらい飲み過ぎたって平気です。昌之、あなたもお酒に強かった。よく一緒に飲みに行き、あなたも私もウィスキーのソーダ割りが好きだったから、何杯も何杯もお替わりして、夜がしらじらと明けるまで飲み続けたものでした。

私は今も、ウィスキーをソーダで割って飲みます。他の飲み方はしない。他の飲み方なんかしたら、飲んでいる時、あなたが傍にいてくれるような気がしなくなるからです。

いやな夢を見た後、そうやって深夜から飲み出して、気がつくと台所の小さなキッチンテーブルの上に突っ伏して眠っていたりする。流しの上の小窓から朝の光が入ってきて、雀の囀り(さえず)が聞こえてくる。私はよだれを垂らしながら眠っていて、乾いた唾液が顎から頬にかけてびっしりとこびりつき、顔半分が突っ張ったような感じになっている。

また夜が明けた、と私は思うのです。こうやって一日一日、夜を重ねて、朝になって、そんなことの繰り返しの中、いつかきっと、昌之、あなたが帰ってくる、あなたと抱き合える日がくる、と長い間、信じてきた。

今も信じてはいるけれど、でも昌之、あなたは三十五になったのですね。私ももうじき三十三歳です。二人ともいい歳です。

「妙子ちゃん、私のことなら気にしないでいいんだからね。嫁でも何でもないあなたを私が寂しいばっかりに、こんな田舎町に住まわせて、おまけに私のお店まで手伝わせて、気がつけば三十を超えていて、結婚もできないまんまになってて……妙子ちゃんみたいな可愛い人をそんなふうにさせるなんて、いったいどこの鬼婆か、と世間様に言われたって仕方がない。だから、そろそろ妙子ちゃん、あなた自身の幸せを考えて、本当に好きにしてちょうだいな。全部あなたの自由。行きたいところに行って、やりたいことをやってちょうだい。ね？　そうしてくれないと、私が困る」

いつだったか、わりあい最近のことでしたが、ある時、お母さんから大まじめにそんなふうに言われたことがありました。その時、私は即座に聞き返しました。

「もしかしてお母さん、私に出てってもらいたいの？」

愚かな質問でした。そうではないことは、私自身が一番よく知っていました。

あなたのお母さんは目を三角にして、「妙子ちゃんたら」と子供みたいにすねたような言い方で言いました。「ほんとはずっとずっと、一緒にいてくれればいいと思ってるのに。昌之が帰って来るまでずっとずっと。妙子ちゃん、私の気持ち、わかってないね」

ごめんなさい、と私は言いました。言ってからお母さんを見つめて、お母さんの膝の上にあった両手を握りしめ、一生懸命、笑いかけました。

あの時、笑いかけていなかったら、涙があとからあとからこぼれてきただろうと思います。そして、私はお母さんのほっそりとした身体に抱きつくなり、あたりかまわず、大きな泣き声をあげていたに違いなかった。

そういうことはしたくないのです。できれば絶対にしたくない。何故なのか、私は自分のことがよくわかっている。

あなたのお母さんを相手に泣き出したら最後、私はまた、あの、あなたを見失った頃の真っ暗な井戸の底のようなところに、真っ逆様に落ちていって、もう二度と、身動きがとれなくなる。二度と日のあたる場所に出られなくなって、さらにさらに深い、闇よりも濃い暗黒の中に吸い込まれていくに決まっている。……そうわかっているからです。


六年前、あなたが突然、私の目の前から姿を消すまで、私たちは東京世田谷の、私鉄沿線の駅を降りて十五分ほど歩いたところにある二階建てのアパートで暮らしていました。入籍はしていなかったけれど、私たちは結婚したも同然の気分でいたはずだし、私のお腹には昌之、あなたの子がいた。

少しつわりがきつかったのと、あなたがそれを心配して、「俺がいない時は、用もないのに外に出ちゃだめだぞ。外で具合が悪くなったら大変だから」と言ってくれていたせいで、私はすっかり出無精になっていました。俳優としての仕事が殆(ほとん)どなくなっていたあなたは、十一時から夕方五時まで、渋谷にある中華料理屋さんで出前専門のアルバイトをし、いったんアパートに戻って私と一緒に夕食を済ませてから、今度は夜のアルバイトであるビル警備の仕事に出かけて行った。

毎日のお惣菜は近所のお肉屋さんから買ってくる揚げたてのコロッケとか、鳥の唐揚げとか、せいぜいが、安く買える牛バラ肉を野菜と一緒に炒めたものとか、その程度。それなのに、私が買い物に出るのが心配だからと、あなたは中華料理屋さんのアルバイトから帰る途中、必要な買い物を済ませてきてくれた。つわりがきつい日は、疲れているだろうに洗濯機まで回してくれて、そういうあなたの優しさに私はすっかり甘えていたように思います。

蓄えなど、二人ともほとんどなかったも同然で、私たちが暮らしていけるだけのお金を稼いでいくのは大変なことでした。ましてお腹の子が生まれてきたら、あなたは子供の分まで稼いでこなければならない。俳優としての芽が出ないまま、それでも夢は捨てきれず、たまに深夜、あなたはアパートに帰ってレンタルビデオ屋から借りてきた新作映画のビデオをぼんやり観ながら、ビールを飲んでいた。そんなあなたの丸めた背中を蒲団(ふとん)の中から薄目を開けて眺めつつ、私がどんなに身をよじられるような悲しい気持ちにかられていたか、あなたにはわからないと思う。

私の母は私が高校生の頃に病死して、父親はその後すぐに再婚。兄弟姉妹のいない私は、父の再婚相手の女とソリが合わず、顔も見たくない、と言って父の元から飛び出した。以来、父とも交流がほとんどなくなって、私はよくあなたに「私はみなしごハッチなのよ」と冗談を言ったものです。そのせいもあったでしょう、私が身も心も許し、信じ、共に生きていけると思った相手はあなただけでした。

私さえ赤ん坊を孕まなければよかったのだ、と何度思ったことか。堕ろしてしまおう、と思ったこともありました。子供を始末して、私がどこかに働きに出れば、あなたに苦労させることはなくなる。あなたにはあなたの夢だった俳優への道を進んでほしかったし、それは私自身が叶えられなかった夢の代償でもあった。私にとって、結婚するとか、子供を作って家庭をもつとか、金持ちになるとか、そういったことは初めからどうでもよかったのです。私はあなたに、ただ、ただ、俳優の道を進ませてあげたかった。

言えば猛反対されるに決まっていたから、あなたの留守に黙って医者に行こう、と覚悟を決めて、泣きながら着替えをすませ、実際に産婦人科医院の入口まで行ったことさえありました。途中で帰って来たのは、赤ん坊を堕ろしてしまった、と知った時のあなたの顔が目に浮かんだからでした。

あなたはどちらかというと小さな、黒く長い睫毛（まつげ）で彩られた瞳を神経質そうに瞬かせながら、そこにいっぱい涙をためて私を見つめ、小さな低い、聞き取れないほどの声で「ばかやろう」と言ったに違いない。その後に続く言葉も私には容易に想像がつく。

「俺がどんなに……どんなに俺たちの子を楽しみにしていたか、わからないのか」

あなたはそう言って、少しだけ唇を震わせ、私から目を逸（そ）らして虚空に視線を走らせたに違いない。

だから私は赤ん坊を堕ろすのをやめたのです。それにしても、ああ、昌之、それほど私たちの子供を楽しみにしていてくれたあなたが、どうして突然、私の目の前から姿を消したりしたのか、私には未だにわからない。考えても考えても、どうにも息苦しい迷路の中にはまりこんで身動きできなくなったような気持ちにかられてしまう。

私のことなんか、好きではなかったのだろうか、と考えてみたこともあります。妙子、好きだ、誰よりも愛してる、俺から離れないでくれ……私を抱きながら、口ではそう言いつつ、それは迸（ほとばし）るような感情の果てにあふれてきた言葉ではなく、ただ単に、自分自身をごまかそうとして口にしていたに過ぎなかったのではないか……そんなふうに考えてもみる。

　でも、もしそうだったのなら、私が妊娠したことがわかった時、あなたはあんなに嬉しそうにしてくれなかったはずです。何よりも、私と一緒に、1DKの狭いアパートで暮らし始めなくたってよかったのです。つわりで働けなくなった私と、生まれてくる赤ん坊のために昼も夜も働き続け、真っ赤な目をして帰って来て、それでも眠れないから、とビデオで映画を観ては、いたずらに自分自身の失われた夢の残滓をかき集めてみせるような、そんな悲しい生活を続ける必要なんか、全くなかったのです。それに、第一、私のことが好きではなく、私から逃げようと思っていたのなら、誰にも言わずにふわっと姿を消すようなまねなんかする必要はなかった。はっきり面と向かってそう言えば、それで済んだのだから。

　おふくろに会わせるよ、とあなたが言って、東京郊外に一人で暮らしながら、地元の商店街で小さな化粧品店を営んでいるお母さんに会いに行った時だって、私のことを大歓迎してくれたお母さんを前に、あなたは照れながらも嬉しそうにしていました。それは本当に見ているこちらまで浮き浮きしてくるほどの嬉しそうな表情で、私は今もはっきりあの時のあなたの顔を思い出すことができる。

　お母さんの家……今は私が暮らす家……の温かい雰囲気のするお茶の間で、お母さんがいれてくださった紅茶とケーキを前に、あなたは「こんな甘いもん、出さないでビールにしてよ」と文句を言いつつ、ふっと気づいたように私の顔を覗きこみ、「妙子はビールなんか飲んじゃだめだよ。紅茶で我慢しなさい」と言った。

「ほんのちょっとだけでもだめ？」

妊娠がわかって以来、お酒は控えていましたし、飲むつもりはなかったのですが、あなたがどう答えるか、興味があったので私はそう聞きました。するとあなたは唇にいたずらっぽい笑みを浮かべ、小さな子供を諭すようにして「だめ」と首を横に振りました。「そんなもん飲んだら、俺たちの子がびっくりしちゃうじゃないか。大事にしてくれよ」

私のお腹の中にいる赤ん坊を気遣っていながら、あの時のあなたの顔は、父親の顔ではなかった。あくまでも私という女と共に、新しい人生に向かって踏み出そうとしている男の顔でした。私にはそれが嬉しかった。赤ん坊が生まれるから、家族ができるから、という理由は二の次にして、あなたは私と固く手と手をつなぎ合いながら、前を向き、最初の一歩を踏み出そうとしていた。少なくともあの時はそう感じられた。

この人と出会って、この人を好きになって、この人と生きていくことに決めてよかった、と私は心の底から思いました。お金がなくても、一生1DKのアパートから出ることができなくても、この人と共に人生を過ごせるのなら、他にもう、何も欲しいものはない……そんなふうにも思ったものです。

私にそこまで思わせてくれたあなたが、私のことを好きではなかった、などということは考えられない。私があなたを好きだったように、あなたも私を誰よりも強く好いていてくれたに違いない。今ではそう思うことにしています。そうでなければやりきれないし、事実、そうに違いないのですから。そうでしょう？　昌之。

それにしても、あなたの失踪の理由は何だったのだろう。同じことを私は百万回考えたような気がしています。

あなたには借金がなかった。たまに仲間とお遊びのマージャンをやる以外、賭け事はやらなかったし、そちらの方面での、たちの悪いつきあいもなかった。人間関係のトラブルも、もちろん、私以外の女の影も、私の知る限り、一切なかったと思う。

でも、喧嘩っ早いところはありました。あなたにそういう一面がある、と知ったのは、あなたとつきあい出して三か月くらいたってからのことでした。

当時、あなたが一人で暮らしていた高円寺のアパートの近くの居酒屋で、隣同士になった酔っぱらい男に因縁をつけられたこと、覚えてますか。私とあなたがお銚子をさしつさされつして、時々、見つめ合ってはくすくす笑いを繰り返していたことに腹て、男は耳を塞ぎたくなるような品のないことを口走ったのでした。

少しの間、うつむき加減で黙って聞いていたあなたは、つと顔を上げるなり、いきなり男の襟首をつかんで、店の外に引きずり出した。それからは殴る蹴るの連続です。店の大将と私が必死になって止めなかったら、あなたはあの酔っぱらいを殴り殺してしまったかもしれない。

あなたの目は据(すわ)っていて、どんより曇っている中にもぎらついた光を放ち、私が見たこともない顔になっていた。あなたが私とは違い、別の世界で生きている人のように見えた瞬間があったとしたら、まさにあの時でした。

野卑、とまでは言わないけれど、あなたにはいくらか粗野なところと気品のあるところと、二つの側面があった。私の前では常に穏やかにふるまっていたあなたなのに、外でひとたびタガが外れると、人が変わったようになる。

居酒屋での一件もそうでしたが、私と一緒に乗ったタクシーの運転手の態度が気にいらない、と言って、降りた途端、私の見ている前で運転席側のドアに駆け寄り、たまたま開いていた窓越しに運転手の首をしめにかかったこともあった。その時は、運転手が態度をがらりと変え、平あやまりにあやまってきたので、事なきを得ました。

あれはただのパフォーマンスだったんだよ、と後であなたは何事もなかったように笑って言っていたけれど、私にはとてもそうは思えなかった。あの時のあなたの目も据っていました。

そんなあなたも、あなただったに違いない。でも、私の前で見せてくれた優しさや思いやり、どこまでも私を守ろうとしてくれる温かい仕草の一つ一つ、どちらかといと静かだった物腰を思い出すたびに、私にはどちらが本当のあなただったのか、わからなくなる。どちらか一つが本当のあなたで、もう一つはあなたという男の仮面をかぶった別の人間だったのではないか、などと考えてしまうのです。

あなたが失踪する二週間ほど前のことだったでしょうか。あなたのアルバイトが休みになる日曜の夜、私たちは新宿の小さな映画館に、『ひまわり』という映画を観に行きました。一九七〇年……私が生まれる前の年に作られた古い映画です。名作だったし、私もあなたも過去に何度か観ていたのですが、もう一度、一緒に劇場に観に行こう、と意見が一致したのでした。

私は妊娠五か月の初めにさしかかっていて、あれほど悩まされたつわりからも解放され、食欲も旺盛でした。映画を観た後で、映画館の近所の洋食レストランでハンバーグ定食を平らげ、デザートにミルフィーユと、あなたが残したチョコレートケーキまで食べてしまった。そんな私をあなたは呆れたように眺めていましたが、考えてみればあの晩のあなたは少し変だった。一緒に注文したハンバーグ定食も半分近く残して、ビールばかり飲んでいたのも変なら、いつにも増して言葉数が少なくなり、私を見つめながらも、私ではない、どこか遠い、私の肉体を透かして見える向こう側の世界を覗き込んでいるみたいだったのも変でした。

観てきたばかりの『ひまわり』という映画について、私が拙い感想らしきことを話し続けても、あなたは「うん」「そうだね」といった簡単な相槌をうつだけで、話ははずまなかった。もっとも、あなたには以前からそういうところがありました。立て板に水、といった調子で映画についての持論や感想を語り続けることもあれば、ひどく疲れた様子で、口を開くのも億劫、と言わんばかりに静まり返り、私の話に適当にうなずき返すだけ、ということも多かった。

だから、いつものことだろう、と気にもとめずにいたのですが、後になって思い出してみると、やっぱりあの日、あなたの様子はおかしかったのです。

「あのさ」とあなたは言いました。唐突に私の話の腰を折るような言い方でした。

ちょうどその時、私は二杯目の紅茶を飲み干して、大きなガラス窓の外の、夏の雨に濡れた、いかにも湿度の高そうな新宿の街を眺めながら、『ひまわり』の主演女優、ソフィア・ローレンについて話していたところでした。あんなふうに四角ばった、造作の大きい、強烈な印象を残す顔は日本人女優にはないものだ、といったような話だったと記憶しています。

私はあなたから言わせると、「天真爛漫なおしゃべり」ということで、いったん何かについて熱心にしゃべり出すと止まらなくなる、といつもからかわれていましたが、あの時も同じでした。ソフィア・ローレンがあれだけの大女優になったのは、容姿の美しさのせいではなく、存在に迫力があったからよ……と私は言い、日本の女優には本物の迫力がある人はいない、といった内容の話をしようとしていたのですが、あなたが私の話に耳を傾けていたようにはちっとも見えなかった。私の話を聞いているふりをしながら、ずっと別のことを考えていたのかもしれない。

私が口を閉ざし、あなたの次の言葉を待っていると、あなたは少し照れたように微笑み、「ちょっと聞きたいんだけど」と言いました。

「何？」

「うん」

「なんなの？　改まって気持ちの悪い」

あなたはもう一度、照れくさそうに私に向かって微笑し、軽く唇を舐めると、ゆったりとした口調で「自分の人生とか自分自身とかがさ」と言いました。「全部、映画のスクリーンの中に観てるだけ、みたいに感じられること、ってない？」

「それって、どういうこと？」

「例えばさ、俺と妙子がキスするだろ？　その時、妙子にキスしてる俺をもう一人の俺が観客のように眺めてるんだよ。ただ眺めてるだけなのに、俺の唇はちゃんと妙子の唇の感触を捉えてて、キスの味もして、いつもと同じように感じちゃったりもしてるんだ。それなのに、そういう光景を俺自身が眺めてる……そんな感じの状態だよ」

私は軽く笑ってみせました。「自意識過剰、ってことなんじゃないの？」

「そうかな。自意識だけの問題かな。役者はみんな、そういう感覚、もってるはずだけどな」

「そうじゃなければ、分裂してるのよ。昌之、すごく疲れてるのかもしれない」

「自意識とか疲れとかで、そうなるんじゃないよ。役者としてそういう感覚は一番大切なものなんじゃないか、ってことだよ。天性かどうかはわかんないけどさ、俺にもそういう感覚、人一倍あるな、ってことが最近、わかったんだ。わかったところで、どうってことはないんだけど」

そうか、と私は言い、急に次の言葉を失って黙りこみました。

役者、という言葉があなたの口から発せられるたびに、何を言えばいいのか、どう言ったらあなたを満足させてあげられるのか、わからなくなってしまう。通りいっぺんの励ましとか、思いやりとか、そういった次元での反応をあなたが欲していないことは明らかだったし、かといって、おめでたい夢物語を紡(つむ)ぐようにして、いつかきっと、あなたは役者として大成できる、などと口にするのもいやだった。

それでも何か応えなければと思ったし、自分自身のやっていることがスクリーンの中での演技のように感じられる瞬間について、私なりの感想を言いたい、と思った。思いながら、言葉を探し、探している間に時間がたってしまったのです。

私が何を言うか、待っていたのでしょうか。それとも私が黙りこんだのをいいことに、あなたはまた自分自身の世界に引きこもってしまったのでしょうか。

やがてあなたは、今しがたあなた自身がそんな話をしたことすら忘れてしまったかのように、『ひまわり』のテーマ曲を作ったヘンリー・マンシーニは、この一曲で一生、食えるようになったんだろうな、と言い、私に向かって薄く笑いかけてきたのでした。

私は窓ガラスのほうに視線を移し、雨に濡れた街の煌(きらめ)くネオンと一緒になって私たち自身の顔が仄白(ほのじろ)く浮き上がっているのをぼんやり見つめながら、「ねえ」と言った。「あの映画みたいに、戦争で私たちの運命が狂って、昌之が遠い戦地に行ったきり帰って来なくなっちゃって、後になって私が昌之を探しに行ったら、昌之は全然違う女の人と暮らしていて、子供もいて……って、そういうふうには絶対にならないでね」

窓ガラスに映し出されたあなたの顔が、こくりとうなずくのが見えました。そのうなずき方がごく軽いものに見えたので、私は正面に向き直り、あなたを凝視して「ほんとよ」と念を押した。「絶対にいやよ」

あなたは、あはっ、と笑い声をあげ、「馬鹿だな」と言いました。「頭がおかしいんじゃないのか。なんで俺が戦争に行かなくちゃならないんだよ」

後に続く言葉を待ったのですが、あなたはそれ以上、何も言わなかった。ただ、うなずき返して、私をじっと見つめ、淡く微笑んだだけだった。その微笑がどこか寂しそうだ、と思ったのをよく覚えています。

どうしてあの晩のことをこんなに頻繁に思い出すのか、わからない。何度思い出しても、なんとなく変だった、という記憶しか残っておらず、考えすぎだと言われればそれまでです。もしかしたら本当にただの考えすぎなのかもしれない。

でも、何故、あなたは私にあんな話をしたんだろう。自分自身とか自分の人生が、スクリーンの中の映画でしかないように感じられる……そう訴えたい気持ちの奥底には、いったい何が横たわっていたんだろう。

あなたはもう、あの晩すでに、私やこれから生まれてくる赤ん坊やお母さん、その他大勢の友人知人、あなたを知る人たちの前から忽然と姿を消して、別の人生を歩もうと決めていたのでしょうか。決めていたあなたが私には無意識にせよ見えていて、だからこそ、私はわけもわからず不安にかられ、『ひまわり』の映画みたいにならないで、などと馬鹿なことを口走ってしまったのでしょうか。

それからちょうど二週間ほどたった月曜の晩、待っても待っても、あなたは帰って来なかった。午後四時過ぎからにわかに空が暗くなって、烈しい夕立があった日のことです。その日、ちょっと腹下ししてるから食事はいらない、と言って何も食べずにあなたはアルバイトに出かけて行きました。

いつものあなたでした。お腹をこわしたこと以外、何も変わったことはなかった。あなたは時々、子供みたいにお腹をこわす人でした。それでも、少し絶食して、その後、消化のいいものを食べればすぐ治ってしまう。

じゃあ、夕食まで何も食べずにいたほうがいいね、と私は言い、夕方になって冷蔵庫の中に残っていた野菜をことこと煮込んで、牛のバラ肉を混ぜた煮物を作りました。あとはあなたが帰って来たらそうめんかうどんでも茹(ゆ)でようと思っていました。あなたはめん類が好きだったから。

出来上がったばかりの煮物にかけたラップが蒸気で曇っていたのが、冷めていくに従って水滴になり、やがて器の中に滴り落ちていくのが見えました。その頃になって、私は初めて、どうしたんだろう、と思った。いつもは遅くても六時半には戻るのに、八時になっても九時になっても連絡のひとつもないのです。

どこかで昔の役者仲間とばったり会い、飲んでいるのだろうか、とも考えました。でも、それならそれで電話一本、かけてくれれば済むことです。

私もあなたもまだ、あの頃は携帯を持っていなかったけれど、あなたは何かあれば必ず自宅に電話をかけてくれる人でした。私が毎日、夕食を作って待っているのを知っていながら、何も連絡をよこさないまま誰かと飲みに行く、というのは考えられなかった。

事故にでもあったのか、と思い、迫(せ)り出し始めたお腹を抱えて何度もアパートの外に出てみたり、外に出ている間に電話が鳴ったら困る、というので、また急ぎ足で引き返したり、そんなことも繰り返しました。事故にあったのなら、当の本人であるあなたが帰って来られるはずもないのですが、部屋にじっとしているのは居たたまれなかった。

午前零時をまわっても、一時になっても二時になっても電話は鳴り出さない。変に騒いでいろいろな人に電話をかけ、昌之が帰って来ないんです、何か心当たりありませんか、と聞きまくるのはもう少したってからのほうがいい、と考えて、結局、一睡もできずに朝を迎えました。

それでもさすがに疲れていたのでしょう、私はいつのまにか眠ってしまったようです。目の前で停まる音をぼんやり聞きながら、新聞配達のお兄さんのバイクがアパートの前で停まる音をぼんやり聞きながら、私はいつのまにか眠ってしまったようです。目を覚ましたのは九時をまわった頃でした。クーラーを消したままにしておいたので、身体中が汗にまみれていましたが、やっぱりあなたは帰って来なかったのだ、と思うと、言いようのない不安にかられて居てもたってもいられなくなった。

私はシャワーも浴びず、簡単に顔だけ洗って財布を手に外に出ました。一番近い警察署がどこにあるのか、わからなかったし、正直なところ、その時点ではまだ、こんなに大変なことになっているとは思っていなかった。だから、そのまま歩いて駅前の交番に行ったのです。

事情を話し、あなたの名前と私の名前を書きとめてもらい、何かあったらすぐに連絡がほしい、と言ってはみたものの、私の相手をしてくれた若い巡査とて、捜索願いを出すべきなのかどうか、判断がつきかねていたようです。私は私で、その日のうちに必ずあなたから連絡があると思っていた。信じていた。捜索願いを出すことになる、とはその時はまだ、自分でも考えたくなかったのです。

だから、その日も翌日もあなたが戻らず、連絡もないままに過ぎていって、あなたのお母さんと相談しながら警察に正式に捜索願いを出した時は、不安のあまり、現実感が遠のいてしまいました。これこそ何かの映画の中のワンシーンなのではないか、それを自分が演じているだけなのではないか、と思ったものです。

お母さんが私たちのアパートに来てくれて、一緒になっておろおろし、ああでもない、こうでもない、とあなたの失踪の理由について考えられることすべてを正直に口にし合いました。あなたが残したものの中に、遺書めいたものとか、何かのメッセージがないかどうか、家中、しらみつぶしに調べてもみました。でも何もなかった。あなた名義の預金通帳と実印は残されたままだったし、着替えの衣類も下着もなくなってはいませんでした。

もちろん、あなたの知り合いや友人には、すべて連絡して心当たりを聞いてみました。有力な情報はひとつもありませんでした。

或る時、お母さんは「妙子ちゃん、あの子、死んだんじゃないだろうね。自殺したんじゃないだろうね」と言い出した。「死体が見つからないだけで、とっくに死んでるんじゃないだろうね」

私は恐怖と不安と悲しみとで、もうどうにも自分を制御できなくなりました。傍にあった新聞紙を壁に投げつけながら「自殺なんかしません！　昌之が死ぬはずがない！」と、誰に怒鳴るわけでもない、虚空に向かって大声で怒鳴って、床に突っ伏し、号泣（ごうきゅう）したのでした。

あの頃のことはあまりよく覚えていない。お母さんが私たちのアパートに寝泊まりするようになって十日ほどたってから、朝方、急にお腹が痛くなったと思ったら、私は破水してしまいました。流産しかけていることはすぐにわかった。もうだめなのだ、私たちの赤ちゃんは死んでしまうのだ、と思った途端、意識が遠のき、わけがわからなくなった。

お母さんが救急車を呼んでくれて、気がつくと病院のベッドの中でした。お母さんは私を心配そうに覗きこみ、私の手を撫でさすりながら、あなたと私の赤ちゃんが死んでしまったことを告げました。気の毒そうに、言いにくそうに言ったのではなく、どこか毅然として、なんだかまるで、今日は雨だよ、と天候の話でもしているような言い方だった。それが私には、せめてもの救いだった。

よかったら、私の家においで、とお母さんが言ってくださったのは、私がなんとか退院できた日の夜のことでした。今じゃなくてもいい、いつ昌之がこのアパートに戻って来てもいいように、この部屋はしばらくこのまま残しておいて、あなたの気持ちの準備ができたら、私のところにいらっしゃい、一人でここに暮らして昌之の帰りを待つあなたのことを考えると、あんまり不憫で涙が出てくる、私と一緒に暮らしましょう、それがいい、そうしましょう……。

あなたの行方がわからなくなって、三週間が過ぎていました。警察からはもちろんのこと、あなたのことで何かわかったことがあったら教えてほしい、と頼んでおいた人たちからも何の連絡もありませんでした。

身体が本調子ではなかったのと、優しい言葉に飢えていたのとで、私は思わず、深い考えもなしにこくりとうなずいた。たとえ深い考えがあったとしても、あの時の私の、しがみつくものが何もない、荒れ狂う灰色の大海原でたった一人、顛覆した小舟にしがみついてでもいるかのような孤独感は、お母さんの誘いがなかったらいったいどうなっていたでしょう。どうやって乗り越えていけたことでしょう。

うなずいた途端、堰を切ったように涙があふれて止まらなくなり、お母さんの顔が見えなくなってしまったことを思い出します。

昌之、あなたがいなくなって六度目の夏、今日はあなたもよく知っている地元の氏神様のお祭りで、街は朝から賑わっています。夜は花火大会が開かれることになっていて、さっきから、どーん、どーん、と時折、遠くで空砲を打つような音がしています。まだ空が暗くならないから、試し打ちをしているのかもしれません。

お母さんの化粧品店は昨日から五日間の夏休み。お母さんは商店会のお友達、女ばかりのグループで、北海道旅行に出かけました。去年からお店を手伝ってくれている香織ちゃんは、仲間と沖縄へ行くとのことです。

あなたのいとこにあたる子です。あなたが姿を消した時は、まだ高校二年生だったし、それ以前も、あなたとはろくに話をしたことがなかった、と聞いています。いとこ同士なのに、昌之さんって、なんだか怖い感じがしたんだもの、と言って笑っていましたっけ。私はお母さん以外の人からも、あなたの少年時代の話が聞きたい、と思っていた。だから、少し残念です。

お風呂あがりに浴衣でも着て、誰かを誘ってお祭りに行ってみるのもよかったのかもしれない。でも、午後の間中、家の中の掃除や片付けをしていたので、少し疲れた。妙子ちゃん、一緒に北海道に行こう、とお母さんは熱心に誘ってくださったのだけど、初めから私は一人でお留守番をするつもりでした。

こうやって、とばりが降りかかっている夏の夕べ、一人、あなたが生まれ育った家の中で過ごしていると、いつも以上にあなたのことが思い出されてきて、胸がきゅうんと締めつけられます。少し涼しくなったので、さっきクーラーを消し、家中の窓という窓を開け放しました。生暖かくはあるけれど、ほんの少し、遠い秋の匂いがしなくもない風が家の中を吹き抜けていきます。

丘のふもとの道を神輿(みこし)が通り過ぎていく。神輿も人の賑わいも見えないのに、わっせー、わっせー、という掛け声だけが、時折、風に乗って聞こえてきます。ゆらゆらと立ちのぼった蜃気楼(しんきろう)の向こうから流れてくる、彼方の世界の、おぼろな音のようでもあります。

今夜の一人の夕食は、そうめんとコロッケで早めに済ませました。おかしな取り合わせですが、なんだか、あなたがいなくなる前に、しょっちゅう私たちが食べていたあのお肉屋さんの、揚げたてのコロッケの味を思い出してしまって、さっき、自転車で丘を下り、駅前のスーパーで買って来たのでした。

あなたと一緒に食べたコロッケとは、味もぬくもりも歯触りも何もかもが違う。でも、こうやってコロッケを食べ、あなたがお腹をこわした時に茹でてあげたそうめんをすっているだけで、涙が出るほどあなたと会いたくなってくる。昌之、昌之、と何度もあなたの名前を呼びながら、涙ぐみながらそうめんをすっているなんて、可笑しいでしょう？

失踪以来、私はあなたからのものと思われる電話を三度、受けている。一度目は、あなたがいなくなってから四か月後のことで、私はもうそのころ、お母さんと一緒にここで暮らし始めていました。あなたと住んでいたアパートの部屋はそのままに、電話はお母さんの家に転送されるよう手続きを済ませておいた。だから、あなたと思われる人がかけてきた電話が、アパートにかかってきた電話だったのか、それともお母さんの家にかかってきた電話だったのかはわからない。

ともかく、たまたま電話の傍(そば)に私しかおらず、私が受話器を取ったのです。もしもし、と言っても応えない。さらさらと空気が流れるような気配だけが伝わってきて、私は直感的に、これは昌之がかけてきた電話なんだ、昌之なんだ、と確信した。

「もしもし？　昌之ね？　そうなのね？」と私は大声で繰り返した。「どこにいるの。私は今、あなたのお母さんと暮らしてるのよ。私たちのアパートの部屋はそのままにしてある。電話もお母さんのところに転送されるようになってる。だから、いつでも電話して。……帰りたくなったら、どっちでもいいから帰って来て。お願い、昌之。帰って来て。それからね、昌之、悲しい知らせよ。私たちの赤ちゃん、死んじゃった。流産しちゃったの。ごめんね、昌之。あんなに楽しみにしてくれてたのにね」

最後のほうは涙声になって、自分でも何を言っているのか、何を言えばいいのか、わからなくなった。言いたいことがありすぎて、聞きたいことがありすぎて、もう、あなたに呼びかけることしかできなくなった。

私が、昌之、昌之、昌之、とあなたの名前を繰り返している間に、電話は切られました。それも叩き切る、といった感じではなく、本当に静かな、ためらいがちな、あたかも思いがあふれるあまり、後ろ髪を引かれてでもいるかのような、そんな切り方だった。少なくとも私にはそう思えた。

二度目の電話は、私が私たちのあのアパートを引き払うために、引っ越しの準備に戻っていた時でした。こまごましたものを片付けたり、処分したり、そのたびにあなたの思い出にひたって涙ぐんだり、いっこうに作業が進まず、結局、全部済ませて引っ越し業者に依頼するまでに一週間ほどたってしまったのですが、電話はそんな時にふいにかかってきたのでした。

電話の奥のあなたと思われる人は、やっぱり一言も発しなかった。黙って私の話を聞いていた。私は聞いてくれている、と確信して喋り続けました。

「ちょうどよかった、昌之。私、今、アパートの部屋、引っ越しのために片付けに来てるところなの。もう一年もたっちゃったし、いくらなんでも空き家同然にして、部屋代だけ払い続けてるわけにもいかないでしょ。お母さんが部屋代を払ってくれてたんだけど、それも申し訳なくて。だからね、あなたが帰って来る時はここじゃなくて、お母さんのおうちのほうに帰って来てね。私はあなたのお母さんのお店、手伝いながら暮らしてる。お母さんと一緒にあなたを待ちながら、静かに静かに暮らしてて、それで……」

そこまで言った時、電話は切られました。前回と同様、名残惜しげな、悲しくなるような切り方でした。

そして三度目の電話を五年ぶりに受けたのは三日前。夜でした。お母さんはお風呂に入っていて、お風呂場からはお湯を使う音が聞こえていました。

もしもし、と言い、受話器の奥にかつて耳にした覚えのある、あの沈黙が拡がった途端、私は万感あふれる思いで「ああ」と言った。「久しぶりね、昌之。元気でいるのね？　元気だからこうやって電話をかけてくれたのよね？　よかった。ずっとずっと、電話がなかったんだもの。どれだけ心配してたことか。私も元気でいるよ。でも、毎日毎日、あなたのことを考えてる。あなたが帰って来るのを待ってる。ほんとよ」

少し間を置いてみたのですが、あなたとおぼしき人は相変わらず黙りこくっている。何か音が聞こえないか、と耳をすませてみても、いつもの通り、さらさらと空気が流れるような音しかしない。

昌之、昌之、切らないで、と私は受話器を握りしめながら、早口で呼びかけました。「ねえ、もう六年もたっちゃったんだね。信じられる？　私たちの赤ちゃん、もしちゃんと生まれてたとしたら、来年の春、小学校に入学だったんだよ。女の子だったんだって。きっとおしゃまな女の子になってたと思うな。あなたのことをパパって呼んで、私のことをママって呼んで、ちょっと生意気で、いろんな言葉をすぐに覚えて、可愛い子になってたね。いつもそんなこと、想像してる。想像するたびに泣いちゃうけど……」

涙がにじんできて、私はそこで言葉をとぎらせてしまいました。音をたてて唾液を飲みこみ、鼻をすすり上げ、何か話しかけなければ、と思って口を開いた、その直後のことでした。

受話器の奥から、何かが聞こえてきた。そう、はっきりと私はそれを耳にした。

吐息……あれはあなたの吐息だった。忘れるわけがない。あなたの肺の中で生まれ、あなたの喉を通って、あなたの口からもれてきた、あなただけの吐息。あなたと出会い、あなたと肌を合わせ、あなたと一緒に暮らしながら、何度も何度も耳にしたあなたの吐息。それはただの息でありながら、他の誰でもない、あなただけの息であり、私にしか判別できないものなのでした。

昌之、と私は息せききって言った。「あなたなのね？　やっぱりそうなのね？　わかるよ、わかる。あなたなのよ。ものすごくよくわかる」

あなたはもう一度、深い吐息をついてくれた。私は嗚咽をこらえるために、前歯で強く唇を嚙みました。

ためらうような気配が流れた。その中にかすかな、声とも溜め息ともつかない音が混じった。私は固唾（かたず）をのんでじっとしていました。でも、昌之、あなたは結局、声を発してはくれなかった。喋ってはくれなかった。

やがて無音が受話器の奥を支配し始め、さらさらという例の空気が流れる音が戻ってきたかと思うと、電話は優しくそっと、切られたのです。

昌之、私は今、ウィスキーをソーダで割って飲んでいます。川べりでの花火大会が始まって、この家からは見えないものの、大地を揺るがすような小気味のいい音が、さっきから夜の闇の中に響き渡っています。風はいくらか涼しさを帯びてきました。私の耳の奥に、あなたがもらした吐息が残っていて離れない。この六年間、会いたくて仕方がなくて、時には本気で、あなたには他に女がいたんだ、私と暮らしながら、その女と一緒になることを計画していたんだ、と思いこみもしました。いつかあなたと一緒に観た映画『ひまわり』みたいに、やっと私が探しあてたあなたは、小さな子を抱っこしながら、私の知らないきれいな女の人と三人で、くすくすと幸せそうに笑っているのではないか、あなたがその人と暮らす家は小ぢんまりとした手入れのいい素敵な家で、私はそれをフェンス越しに眺め、どうしたらいいのかわからなくなって、呆然とするのではないか……そんなことも考えた。

かと思えば、とっくの昔にあなたは死んでいて、どこかの見知らぬダムの底か、樹海の奥深くにあなたの骨が白々と埋まっている……そんな光景も想像してきた。いずれにしても、あなたのいない時間だけが流れていって、私は今、こうやって、昔あなたと一緒によく飲んだウィスキーのソーダ割りを飲んでいる。

昌之、これから私はどうすべきなのでしょう。いくら考えてもわからない。お母さんが言ってくださるように、思いきってこの家から出て、仕事を探して一人暮らしを始め、あなたの記憶を自分の中に封印して、新しく生き直すべきなのかもしれない。お母さんのお店のほうは、私がいなくても、香織ちゃんがいてくれるから大丈夫だと思う。よく働く、いい子です。お客さんの受けもいいし、お母さんは香織ちゃんのことをとても可愛がっている。お母さんが寂しくなることはない。

三日前、あなたの吐息を耳にしてから、私はずっと、自分自身に問いかけてきました。自分は何がしたいのだろう、あなたを待ちながら年を重ね、死んでいくことを本当に受け入れられるのか……。いつ帰って来るのかわからない、死んでいるのかもしれないあなたという人をどれだけ待っていられるのだろうか……。

でも、昌之、私は待つと思うのです。この先も永遠に待ち続けると思うのです。お母さんに別れを告げ、日本を出てミラノに行ってもいい。大日向洋子先生からは、よかったらこちらで何か勉強してみないか、と幾度となく言われてきました。先生のところでお手伝いのような仕事をしてもいい。先生を頼って、ひとまず落ちつき先を決め、何をすべきなのかも、何ができるのかもわからないけれど、私があなたを待ちながらできることは無数にあるような気がしてきた。

世界のどこに行っても、地の果てにいても、私はあなたを待っている。あなたが戻って来て、私に連絡をよこしてくれるのを待っている。あなたが生まれ育った小さな街で、埋もれるように静かな暮らしを続けるのもいいけれど、昌之、私は三日前、あなたの吐息を聞いた瞬間から、時空を超えてあなたを待とう、と決心した。そして今、その決意は、何か壮大な、きらきらした、真新しい夢のようになって私を包みこもうとしている。しかもその夢は同時に、夏の午睡のようにけだるく、おとなしく静まり返ってもいるのです。

花火の音がしています。緑色のカナブンが飛んできて、さっきから電灯のまわりをぐるぐる回っています。

庭の奥の植え込みのあたりでは虫が鳴いている。少し酔いがまわってきました。昌之、こうやって飲んでいると、あなたと一緒にいるような気がしてくる。いえ、あなたはいつも一緒にいた。いてくれた。振り向くといつもそこには、ちょっと照れくさそうに目を瞬き、妙子、俺から離れて行かないでくれよな、とつぶやいているあなたがいた。だからこそ、私はここまでやってこれたのです。そんなことを言ったくせに、離れていったのはあなたのほうじゃないの、と文句を言いつつ、そう言っていた頃のあなたの記憶が私をここまで生かしてくれたのです。

三杯目のウィスキーのソーダ割りを作りました。ソーダのぷちぷちとした細かい泡がグラスの中ではね、私の鼻先で弾けます。

目を閉じて、その香りを存分に嗅ぎます。ほら、昌之。恥ずかしいけれど、私はまた、こんなに涙ぐんでいる。

上海にて

あたりいちめん、水の音に包まれている。ざあざあ、という滝のような音である。ホテル正面玄関前の広大な車寄せには屋根がかけられており、空が見えない。観光バスや乗用車、タクシーが頻々と到着する。人々は降り立ったり、乗車したり、笑ったり、手を振り合ったり、何か大声で声をかけ合ったりしている。白人もいるが、ほとんどがアジア人である。日本人なのか、中国人なのか、区別がつかない。

ホテルは縦横を小川に似せた人工水路で囲まれている。深さ二十センチほどの細い水路で、夜になると虹色にライトアップされる仕組みになっている。その水路が一つにまとまって細長い池を作り、池の中では幾つもの小さな噴水が中空に水を噴き上げている。

表通りの南京西路(ナンジンシールー)では、大粒の雨がまっすぐ路面を叩いている。水飛沫(しぶき)をあげながら車が行き交っているのが見える。雨音と噴水の音とが混ざり合い、まるで滝壺の縁に立たされているかのようでもある。

タクシー乗場には長い行列ができていた。ここのホテルはいつもそうだ。順番がまわってくるまでに五分や六分、いや、下手をするとそれ以上時間がかかるかもしれない。

小ぶりのショルダーバッグを肩にたすき掛けにしているだけで、これといった荷物もなかった。日本から持ってきた小さな折り畳み傘は大雨にはふさわしくないかもしれないが、時は七月である。上海の夏の雨に剝き出しの腕をうたれて歩くのも悪くない、と遊子は思った。

腕時計を見た。午後一時ちょうど。約束の二時半までには充分、時間がある。タクシーでプランタン前まで行き、付近の店を冷やかしながら時間をつぶそうと思っていた。ホテルの部屋で時間が過ぎるのを待っているつもりはなかった。かといって天野久子に連絡し、無理を言ってつきあってもらおう、とも思わなかった。

誰にも会いたくなかった。会いたいのは成瀬治だけで、そのくせ、何としてでも会いたいと思っていると言ったら、それも違うような気がした。それどころか、一番会いたくないのは治なのかもしれなかった。

やっぱりタクシーはやめよう、と思った。遊子は列から離れて歩き出した。

車寄せには亀甲模様に石が敷きつめられ、表通りに向かってわずかな傾斜を作っている。歩いていると、身体が前のめりになるような感じがしてくる。

しゃわしゃわと水を噴き上げている噴水の傍を通りすぎた。治と二人で上海に来て、このホテルに滞在したのは六年前。あの時も、この噴水を目にしていたはずなのに、印象はおぼろである。

それどころか、いくら思い返してみても、滞在中、目に留めたはずのすべてのものが、一切、記憶に残されていないような気もする。治と過ごしたのが上海だったのか、南米の小さな町だったのか、北極に近い寒村だったのか、それすらもわからなくなっている。どこで過ごしても同じだったのではないか、とも思える。

あれは観光や楽しみのための旅ではなかった。自分から、彼から、そして二人から、自由になるための、最後の戦いの旅であった。

ホテルの車寄せから出ると、通りを走り過ぎて行く車のクラクションの喧騒が耳に飛びこんできた。上海のドライバーは何かというとクラクションを鳴らしたがる。追い越しや渋滞(じゅうたい)の苛立ちのためだけに鳴らしているのではなく、ただ単に自分の車が今ここを走っているのだ、ということを強調しているだけのようにも感じられる。

雨とクラクションの音とが混ざり合い、呆れるほどあたりは賑やかだ。遊子はその音の洪水に向かって、ボルドー色の折り畳み傘を勢いよく開いた。

ホテル前の南京西路を右に行くか左に行くか、束の間、迷った。左に行って、陝西南路（シャンシーナンルー）に入り、どこまでもまっすぐ歩けばプランタンで、そちらのほうが近い。だが、その道順だと目的地に早く着きすぎてしまい、時間つぶしの役には立ちそうになかった。

だらだらと、いつまでも異国の雨の中を歩き続けていたかった。そうやっているうちに、プランタンを通り越し、見知らぬ場所に迷いこんで、二度と戻って来られなくなるのなら、そのほうがいいような気もした。

遊子は右に向かい、歩き出した。しゃれたレストランやオープンカフェ、世界中、どこに行っても見かけるような高級ブランド品のブティックなどが並んでいる。少し裏通りに入れば、昭和三十年代の東京下町で見られたような小さな店が、ちまちまと軒を連ねているというのに、エリアによって上海の街は全く異なる顔を見せる。

その界隈（かいわい）の洗練度はきわめて高い。高い分だけ、街の表情もどこかよそよそしく、一生懸命笑いかけているのに無視してくるような冷たさがある。

とはいえ、雨にうたれたプラタナスの街路樹は瑞々（みずみず）しい。夏が雨の中で熟している。傘越しに見上げれば、雨に煙った空の向こうにそれぞれ意匠をこらした高層ビル群が林立しているのが見える。

緑と、高層ビルと、瓦礫(がれき)とで出来ている街だった。どこに行っても、活き活きとした喧騒に満ちている。しっとりと濡れた、生ぬるいような湿気がある。かと思えば、人をあっさりと突き放してかかる、火照(ほて)ったような乾燥感もある。

あらゆるものが人工的で水銀のようにキラキラしている。そのくせ、流れすぎた時間の堆積が何かの分泌物のようになって、あちこちにねっとりと残されてもいる。それはいつまでも死なない老人の、不老不死のうす笑いを思わせる。

この街は、今この瞬間をむさぼっている、と遊子は思う。死にかけているもの、失われそうになっているものには見向きもしないのだ。ただひたすら前へ前へと突き進もうとしている。それまであったものが瓦礫に変わっていくことを恐れない。この街にとって、瓦礫は再生のためにこそある。

怖いほどの活力。感傷や情緒に耽(ふけ)ることのない強靭さ。うかうかしていたら、その勢いに巻きこまれ、骨の髄まで命の水を吸い取られてしまいそうになる。

変わっていない、と遊子は思う。六年前に来た時にこの街から受けた印象と、本当に何ひとつ変わっていない。変わったのは、治が隣にいない、ということだけ。

まもなく静安(ジンアン)公園が見えてきた。その先には延安(イエンアン)高架路という名の高速道路が走っている。浦東国際空港に向かうのに使う高速道路である。

六年前、治と肩を並べてこの道を歩いた、と遊子は思い返した。ちょうど今頃の季節だった。

「疲れた」とその時、遊子は低くつぶやいたのだった。「ものすごく疲れちゃった」

身体が疲れた、という意味ではなく、心の疲れを訴えたつもりだった。どうにもしようのない疲労感。永遠の眠りにつくことでしか解放されないのではないか、と思われるほど深い徒労感……。

それを受けた治は「そうだね」と言った。自分もまた、疲れている、と言いたかったのか、それとも単に、歩き疲れた、という意味で言ったのか。

治を追った美奈が上海までやって来て、治が美奈をなだめるために出て行ったのはその前夜のことだった。長くても一、二時間で戻ると言って、九時前に出て行ったのに、ホテルの部屋に彼が帰って来たのは午前二時を過ぎていた。

何の話をしてきたのか、そんなに長い時間、美奈とどこで何をやっていたのか、遊子は聞かなかった。治もまた、口を開こうとはしなかった。

美奈のことなど、もうどうでもよかった。美奈と二人、彼女が宿泊しているホテルの部屋に行き、永遠に解決がつきそうにない問題に関して話しているうちに、美奈が治に取りすがり、今ここで抱いてくれなかったら、死んでやる、と言ったのだとしても、それを受けた治が、美奈をとりあえずなだめるために美奈にキスをし、抱きしめてやったのだとしても、それがどうした、と言いたかった。そんなことはこれまでにも百万遍、繰り返し経験してきたことだった。

いろいろなことに倦み、疲れきっていた。遊子は自分がいったい、何を求めているのか、もう何もわからなくなっていた。

二人はキングサイズのダブルベッドの端と端とに背を向けて横たわり、そのまま朝を迎えた。泣いていることに気づかれたくなかったから、遊子は鼻をすする音をたてまいとして息を殺した。そのせいで鼻が詰まって寝苦しくなり、結局、一睡もできなくなった。

治が少し眠ったのかどうかは、わからなかった。起きがけに彼はベッドの端から遊子ににじり寄って来て、身体を大きくねじりながら、その頬にキスしようとしてきた。遊子はそれを邪険な手つきで払いのけた。

怒り出すか、と思ったが、治は怒らなかった。悲しそうな顔もしなかった。黙って無表情のままベッドから降り、よろよろと老人のように背を丸めながらバスルームに入って行っただけだった。

二人で部屋にいると、息が詰まりそうになった。かといってホテル一階にある、朝食用のバイキングが並んでいる店まで降りて行き、上機嫌の外国人宿泊客たちと一緒になって皿に料理を盛りつけるだけの元気もなかった。

冷蔵庫の中にあったスモールサイズのエビアンを分け合って飲んだ後、二人で外に出た。冷房が利きすぎているホテルから出ると、外の蒸し暑さがちくちくと肌をさした。全身の毛穴がいっぺんに開くような感じがした。

あてどなく街を歩きまわった。今にも雨が降り出しそうな七月の朝だった。湿度が高く、歩いているだけで身体中が汗ばんだ。額から流れ落ちてくる汗が目に入った。泣くつもりはなかったのに、汗が目にしみて涙がこぼれそうになった。

遊子は歯を食いしばってそれをこらえた。ここは東京ではない、上海なのだ、と強く自分に言い聞かせた。日本ではないことが遊子を支えていた。異国の街で泣いてなどいたら、永遠に生きていけなくなりそうな気がした。

あれから六年。六年しかたっていない、ということが遊子には信じられなかった。六十年たってしまったような気もする。

傘を叩く雨は相変わらず烈しい。水溜まりにはまったわけでもないのに、ストラップ付きの黒いサンダルをはいた素足が、早くも雨で濡れ始めていた。指と指との間がぬるぬるしている。冷たいのか温かいのかわからない。いっそのこと、サンダルを脱ぎ捨てて、裸足(はだし)で歩きたいような気もしてくる。

常熟路(チャンシュールー)という名がついた通りを左に折れると、淮海中路(ファイハイズンルー)である。その左角に美美(メイメイ)百貨店が見えてきた。百貨店とは名ばかりの、二階建ての古い建物で、昭和四十年代あたりに日本の地方都市でよく見かけた、庶民的なスーパーマーケットを連想させる。

プラタナスの街路樹が、緑色のドームのようになって舗道を被(おお)っている。雨のせいか、いつもはあれほど喧騒に満ちているというのに、人影はまばらである。前方から、一本のたまご色の傘におさまって、抱き合うように身体を絡みつかせながら、男と女がこちらに向かって歩いて来る。

男女とも三十代半ば、といった年格好だ。女のほうは豹柄のTシャツに細身のジーンズ。男は浅葱(あさぎ)色のチノパンツに青いシャツ姿。プラタナスの街路樹が続く雨の中、二人は歩きながらしきりと真顔で唇を重ね合わせている。時折、歩調が緩む。立ち止まってしまうこともある。

何か思いつめていることでもあるのか。烈しい恋に身も心も委(ゆだ)ね、煩(わずら)わしい現実のしがらみから逃れようとでもしているのか。周囲の視線を意識しない、堂々とした接吻である。堂々としているのに、雨の水煙が二人の輪郭を溶かし、それは何か、おぼろなものの立ち姿のようにしか見えてこない。

二人の傍を通り過ぎようとした時、遊子の耳ははっきりとした日本語を聞き取った。車道を走り去る車の、幾つものクラクションの音が響き渡った。二人の会話はたちまちかき消された。

しばらく歩いて、遊子は肩ごしにそっと振り返ってみた。美美百貨店の前で立ち止まり、雨に打たれるのもかまわず、舗道の真ん中で切なげに抱擁し合っている二人の姿が遠くに見えた。


遊子が一人、上海の地を再訪したのは四日前のことになる。

ここのところ天野久子から頻繁に連絡があり、上海に遊びに来るよう、熱心に誘われていた。遊子がふと応じる気になったのは、上海という街に、自分がすでに何の感傷も抱いていないことを確認したくなったからかもしれなかった。

久子は、遊子が銀座にある有名イタリアンブランドのブティック『イゾラ・ベッラ』に勤めていた頃の上司である。遊子よりも四つ年上の独身。きっぷのいい、姉御肌の女で、何かと可愛がられていたものだから、先輩後輩というよりも、友人同士のつきあいが長く続いていた。

久子が、『イゾラ・ベッラ』上海支店の店長として赴任することに話が決まったのは二年前。海外支店の店長を日本人が任せられるのは、数少ないことだった。栄転祝いを兼ねて、久子の上海に出発する前、遊子は彼女を食事に誘った。久子のために高級すっぽん料理店の個室を用意したのだった。

その際、久子は改まったように「ご亭主と一緒にすぐ遊びに来て」と言った。「本音を言うとね、なんか、寂しいのよ。この年で、一人ぼっちで上海暮らしだなんて」

「久子さんなら大丈夫ですよ。どこに行ったたって、ちゃんとしっかり元気に生きていける人だもの。友達はもちろん、恋人だってすぐにできちゃうに決まってる」

「いらない、いらない、恋人なんか。もうこの年になったら、男なんてめんどくさいだけ。だいたい、もう誰も振り返ってくれないし」

「冗談ばっかり」と遊子はふざけて久子の目の前に人さし指を突き出し、ぐるぐる回してみせた。「もててもてて、一人にしぼるのが大変だった、って話、してたくせに」

「そんなのあなた、何十年も前の話よ。そんなことより、ね？　ほんとにすぐに遊びに来てよ、上海に。待ってるからね」

「ええ。そのうち、きっと」

「そのうち？　なあに、その言い方。すぐに行く、って言ってくれないの？」

当時、四十四歳だった遊子は、六つ年上の橋田と結婚したばかりだった。結婚を機に、『イゾラ・ベッラ』を退職した。久子は、遊子が新婚生活を送るのに忙しく、上海旅行どころではないのだろう、と勘違いした様子だった。

「新婚生活がひと段落したら、の話よ」と久子はからかうように言った。「もっとも、四十代で新婚生活を始めると、若い頃よりも甘い気分がなかなか抜けなくて、周囲が呆れ果てる、ってこともあるらしいけどね」

「いやだ、久子さんたら。私たちは別にそんなんじゃないのよ。だいたい夫は再婚なんだし、新婚だなんて、全然、そんな気分じゃゃ……」

「わかんないわよぉ。一年たっても二年たっても、ベッタベタの甘い夫婦をやってるかもしれないじゃない。上海になんか行きたくない、ずっと二人でこうやってベッドの中にいようよ、なんてね」

「茶飲み友達として結婚しただけよ」

笑って言い返しながら、茶飲み友達、という言葉は本当に自分たちのためにあるのかもしれない、と遊子は思った。

治と別れてしばらくたって、千葉に住んでいる叔母夫婦が縁談をもってきた。遊子ちゃんもいつかは年をとっておばあさんになる、伴侶というものをもたない晩年は、それはそれは寂しいものよ……そんなふうに言われた。

結婚など、どうでもいいと思いながら、誰かにピンで留められたような暮らしがしてみたい、と思い始めていた矢先であった。相手は誰でもよかった。標本箱の中の蝶のように、ピンでしっかり留めてくれさえすれば、それでよかった。そうしなければ、自分はきっとあてどなく浮遊し続け、そのうちどこにいるのかということすら、わからなくなりそうな気がした。

縁談相手は橋田という名の男で、前の妻との間に子供が二人。子供たちはすでに二人とも成人しており、養育費を仕送りする必要もなくなっていた。都内で経営している進学塾も、生徒数は増える一方で安定していた。経済的にも将来的にも何の問題もなさそうだった。

口数が極端に少なく、面白みのない男だったが、危なげな感じは一切しなかった。何よりも気にいったのは、容貌、性格、表情、それらどこを子細に観察しても、治を思い出させるようなものを何ひとつ持っていないところだった。

結婚式も披露宴も行わなかった。区役所に婚姻届を出しに行った日の晩、畏(かしこ)まってえた。

「今日からあなたを抱ける」と言われた時は吹き出しそうになったが、なんとかこらえた。

橋田は家の中のものを磨くことと、野菜を千切りにすることが趣味だった。仕事から帰ると、その日、磨くものを決め、せっせと磨き出した。磨くのは鍋だったり、靴だったり、家具だったりすることが多かったが、時には風呂場のタイルやトイレの便器、ということもあった。それらのものを磨いている時の彼は、終始、無言だった。

日曜日には台所を占拠して、野菜の千切りに励んだ。大根、人参、キャベツ、レタス、ゴボウ……とんとんとまな板の上に音を響かせ、千切りの山がみるみるうちに積まれていく。おかげで料理の手間が省けたが、その千切りにされた野菜の山は、遊子の知らない彼自身の苛立ちを象徴しているように見えた。

そんな橋田のことはもちろん、久子は成瀬治のこともよく知っている。『イゾラ・ベッラ』に治が買い物に来て、それが縁で遊子と恋愛関係になったことも知っている。暴れ馬のようだった美奈のことも、治が前の妻と別れられないままに別居を続けていることも、遊子と治が共に暮らし始めたことも、上海への旅行を最後に二人が別れたことも、何もかも知っている。

だが遊子は久子に、治とのエピソードの細部を語って聞かせたことはなかった。自分がごく私的に紡いできた、男との関わりの細部を、どれほど親しい人にも打ち明けまいとする、それは遊子の流儀のようなものだった。

人の色恋沙汰は所詮、誰にとっても結局は他人事である。久子も例外ではなく、遊子が思っていた通り、治と遊子が別れて二年もすると、治の話題など口にしなくなり、三年を過ぎる頃からは、たまに遊子が昔話として治の名を出しても、一瞬、きょとんとして、それ誰、と言いたげな顔をした。

時の流れと共に、どれほど密度の濃かった記憶も少しずつ風化していく。他人においてはなおさらであり、遊子にはその、久子の天真爛漫な、健全とも言える応対ぶりがありがたかった。

そんな久子の口から、四日前、いきなり治の名が飛び出してきたのである。

「成瀬さんよ。成瀬治さん。わあ、ひどい、遊子ったら。なあに、その顔。まさか、忘れたわけじゃないでしょうね」

上海に着いた、その晩のことだった。外灘の夜景を、黄浦江の川の向こうに眺めることのできる上海創作料理の店で、久子はよく冷えた青島ビールをごくごくと勢いよく飲みながら、いたずらっぽく遊子に笑いかけた。

「ともかく、成瀬さんがね、なんと、驚くじゃありませんか。この上海に住んでたことがわかったのよ。ばったり会ったの。それも昨日よ、昨日。信じられる？　ちょうどね、夜七時過ぎだったかな、私が店から外に出て、外で待っててくれた日本人スタッフと一緒に、さあ、食事に行こうか、って歩き出した時よ。舗道をこっちに向かって歩いて来たのが彼だったわけ。ポケットに両手を突っ込んで。すぐにわかったわよ。全然変わってなくて、相変わらずニヒルで甘ったるい感じで、あなたと暮らしてた頃のまんま。もうけっこう、いい年になったのにね。四十六だって。でも全然そう見えない。四十って言っても通るわね。でね、一瞬、私は、ここが上海だ、ってこと、忘れそうになったわ。東京のどこかの街角でばったり会ったみたいな、ね。そんな錯覚を起こしちゃって……あちらもそうだったみたいで、お互いに道の真ん中で立ち止まって、しげしげと頭のてっぺんから足の爪先まで相手のこと眺めて、その直後に、二人同時に、わあ、なんて大声あげちゃって……」

遊子は黙って聞いていた。頭の中に瞬時にして靄がかけられたせいで、驚きも動揺も感じなかった。出来すぎているあまり、現実感を大幅に損なうドラマのあらすじを聞かされているような気分だった。

「聞いてる？」と久子は言った。「びっくりでしょ。昨日、あなたに電話して教えてあげようと思ったんだけど、今日、会えるわけだし、と思ってやめたの。驚かせたかったしね」

「彼はここに住んで、何をしてるの？」

やっとの思いでそう聞いた遊子に、久子は忙しく皿の中の料理を箸でつまんで口に運びつつ、「仕事よ、仕事」と言った。「彼の古い知り合いの日本人がね、ずいぶん前に中国人と結婚して、上海市内で事業を興して大成功したらしいの。そこで働いてるんだって。貿易関係の仕事みたい。来て二年目だ、って言ってたけどね。私がこっちに来たのとほとんど同じ時期、ってことになるのも驚きでしょ。で、私、早速、教えたわよ。遊子が明日、上海に来るのよ、って。ものすごい偶然ね、って。そうですか、って、彼はポーカーフェイスだったけど、結構、内心どぎまぎしてたんじゃないかな。当たり前よね。そうそう、彼の携帯の番号、聞いといたわ。ええっと、どこに入れたかな」

座席と背中の間に置いた籐のトートバッグの中を腰をひねるようにしてかきまわしてから、久子は一枚のメモ用紙を遊子に手渡した。数字が斜め右上がりに並んでいるだけで、名前も住所も書かれてはいなかった。

「立ち話しながら急いで書き留めてもらっただけだから、読み取りにくいかもしれないけど、平気よね？　わかる？」

遊子はうなずき、並べられた数字をしげしげと眺めた。ボールペンで書かれた数字のわずかな癖に、見覚えがあった。治の書き癖だった。

「ああ、でも、だからって、連絡したくないのならしなくてもいいのよ。別れた男にわざわざ連絡してやることもないんだしね。あなたも今では人妻なんだし……。まあ、所詮、私には関係ないことだから、無理のないように、好きにやってちょうだい」

ええ、と遊子は言った。手にしていたメモ用紙を二つに折り畳み、それをショルダーバッグの内ポケットにさしこんだ。

久子はにっこりと微笑み、「ねえ」と言った。「それにしても、人生は退屈しないわね。そう思わない？」

遊子は曖昧にうなずき返し、久子の顔を見た。「……彼は奥さんと一緒に上海に来たのかしら」

奥さん？　と久子は、遊子のグラスに青島ビールを注ぎ足しながら聞き返した。

「あなたと暮らしてた頃の彼の奥さん、ってこと？　離婚したのかどうかは、さすがに聞かなかったけど、とにかく彼は今、一人で上海にいるみたいよ。一人暮らし、って言ってたもの。でも、あの子のことは聞いといたわ。あなたじゃなくたって、気になるじゃない。ほら、あの、何て言ったかしら。頭のおかしい、じゃじゃ馬娘」

「美奈？」

「そうそう、美奈。あの子とはどうなったの、って聞いたのよ。そしたらね、とっくに別れた、って。彼があなたと別れた直後くらいだったみたいよ。で、あの子はすぐに、実業家だか何だかの金持ちの男と華燭の典を挙げて、その後のことは全然知らない、って」

そう、と遊子は言った。そしてうなずいた。「そうだったんだ」

「ね、連絡、してみる気になった？」

それには答えずに笑顔を作り、遊子は背筋を伸ばして、どっしりと量感のある象牙の箸を手に取った。

淮海中路を東に進んでいくうちに、周囲がひときわ賑やかになってきた。アメリカ資本のドーナッツ店、ランジェリーショップ、ブティック、靴屋、レストラン、みやげ物店などが軒を並べている。

色とりどりの傘をさした人々が、雨の中を笑いさざめき合いながら、そぞろ歩いている。若者もいれば老いた人間もいる。幼児を連れた女もいれば、手と手をつなぎあっている男女もいる。人々はひっきりなしに何かしゃべり続けている。その目は輝いている。歯はきらめいている。

車道を行き交う車の喧騒が増してくる。クラクションの音がかまびすしい。タイヤが勢いよく雨をはね上げる水飛沫の音が、それに混じる。

いたるところで音がしている。店先で流している音楽、人々の話し声、甲高い笑い声、エンジンが鈍く唸る音、舗道を器用に走り抜けていく自転車の急ブレーキの音、そして遊子がさしている傘をたたき続ける雨の音……。

肌全体が雨と汗とで濡れてきた。髪の毛の奥にまで、汗をかいている。こめかみから流れ落ちてくる汗が、頬を伝っていくのがわかる。

どこかで化粧を直したい、と思った。六年ぶりに会う、かつて愛していた男に、異国の地で最上等の顔を見せたいと思っている自分が可笑(おか)しかった。久子から、治がちっとも昔と変わっていない、と聞かされたせいかもしれなかった。

陝西南路との大きな交差点が見えてきた。渡って左側がプランタンである。交差点脇の広場では、雨にもかかわらず、大型テントの下、大きなイベントが行われている様子である。

化粧品会社のイベントらしい。日本でも売られているアメリカ製化粧品のＣＭが、会場壁面の大型デジタル画面に流されているのが見える。スチュワーデスの制服のような濃紺のスーツを着た女性スタッフが、マイクを使って声高に、新製品の説明をしている。雨の中にそれらの音すべてが反響し、ごうごうとした、街の唸り声のようになって聞こえてくる。

通りをはさんだ反対側に、スターバックスがあった。東京の街角で見かけるのと寸分も変わらない店構えである。

一時五十分。治との約束まで四十分ある。

何か冷たいものでも飲みながら汗がひくのを待ち、その間に化粧を直そう、と遊子は思った。ついでに、すっかり濡れてふやけたようになってしまった足も拭きたかった。びしょびしょのサンダルを少しでも乾かしたかった。

あと少しで治と会うのだ、と思った。

もう九年になる。

『イゾラ・ベッラ』銀座店で、初めて成瀬治の応対をしたのが九年前の秋。二フロアある広々とした店舗の、二階に上がって来た男の客を見て、遊子は職業上の微笑を湛(たた)えながら「いらっしゃいませ」と言って近づいて行ったのだった。

「女の服のことなんか、なんにもわかんないんだ。相談に乗ってくれますか。ちょっと、誕生日のプレゼントにここの服が欲しい、って言ってる子がいるもんだから」

遊子は相手の年齢を聞いてみた。二十六、と男は言い、照れたように視線を外した。

長身で、肉付きの薄い、それでいて筋肉が鋼（はがね）のようによくしなりそうな体型をした男だった。年齢はわからなかった。少し伸ばし気味にしている髪の毛には白いものが混じっていた。それなのに、着ているもの、仕草、ほんの少し受け口の厚い唇からもれてくる、掠（かす）れ気味の甘くて低い声……そのすべてが彼の実年齢を想像させなかった。

スーツやジャケット、パンツ類は、本人がいないとサイズが合わない可能性があるので避けたい、と男は言った。もっともな意見だった。遊子はカットソーやブラウス、セーターなどを順次、男に見せ、それに合うアクセサリーやスカーフまで見立ててやった。

男はあまり迷わなかった。場違いなところに来ているという居心地の悪い顔をしながら、そそくさと遊子が勧めた黒いカシミヤのツインニットセーターと大粒模造パールのチョーカーを贈ることに決め、クレジットカードで支払いを済ませた。カード伝票のサインには「成瀬治」とあった。

数日後、成瀬治は一人の若い女を伴って再度、店にやって来た。レモンイエローの短いフレアースカートをはき、胸の開いた白いTシャツにショート丈の茶色いレザーブルゾンを着た女だった。

女は大きな目、厚い大きな唇をしていた。人を信用しない獰猛（どうもう）な爬虫類の雌を思わせた。

「壊れたのよ、これ」と女は遊子に向かって、威嚇するように言った。

目の前に差し出されたのは、模造パールのチョーカーだった。はめてみようとした途端、留め金の部分が外れ、パールがバラバラと落ちてきてしまったのだ、と女は言った。

「なんとかしてよ。せっかく彼からもらったのに、これじゃどうにもなんないじゃない。天下の『イゾラ・ベッラ』で、こんなひどいものを売ってるとは思わなかったわ」

まことに申し訳ございません、と遊子は言った。「早速、同じお品物とお取り替えしますので……」

「何言ってんのよ。あたし、これじゃなきゃいやなのよ。直して、って言ってるの。

わかんないの？　プレゼントしてくれた彼は、これを私に贈ってくれたのよ。他のものだったら意味がないじゃないの」

それこそ意味の通じない話だった。遊子は感情を隠しながら、懸命になって、この品物は留め金の部分が特別なものになっているので簡単に直すことができない、ということを説明した。留め金だけをイタリア本国に注文し、送ってもらって日本で直すとなると、時間も費用もかかってしまう。だからこの場で同じものと取り替えるのが一番である……そう言ったのだが、女は聞く耳をもたなかった。

「あなた、客を馬鹿にしてるわけ？　替えてほしいんじゃなくて、直してほしい、って言ってるのよ。わかんないの？」

女のあまりの剣幕に、同僚スタッフが当時銀座店の店長だった天野久子を呼んで来た。久子は落ちついた口調で女を説得し続けた。その間中、成瀬治は女から離れたところに立ち、ぼんやりと腕組みをして虚空を眺めていた。

女がかろうじて納得し、替えのチョーカーを手に帰って行くと、久子はいまいましげに「なんなの、あの子」と言った。「おまけに後ろに立ってた男は何も言わないし。男もああなっちゃ、世も末だわね」

成瀬治から『イゾラ・ベッラ』に電話がかかってきて、先日の件、本当に申し訳なかった、と遊子に言ってきたのは、それから一週間ほどたってからだった。お詫びのつもりでせめて食事にご招待したいのだけど、出て来てくれますか……そう言われ、何故、その場で何の逡巡もなく受け入れてしまったのか、遊子は今もわからずにいる。

治という男に、男としての格別の興味を抱いたわけではなかった。その容貌や雰囲気に惹かれていたわけでもなかった。

遊子の中にはただ、若い女の後ろに立ち、自分とは無関係の出来事を眺めてでもいるかのように、突き放した目をしていたあの男の姿が、奇妙に印象深く残されていただけだった。それは、一度こうなったら、どう抗っても無駄、と言いたげな表情だった。そこには、どんな局面においても、慌てず騒がず平然としていられる、男の原始的な強さが垣間見えた。

約束の日、仕事を終えてから、待ち合わせに指定されていた店に行った。ありふれたイタリアン・レストランだった。

赤ワインを注文するのも、料理を注文するのも彼に任せた。成瀬治は改まったように店でのトラブルについてあやまり、あの娘にはいつも手こずらされている、と言った。

愚痴めいた言い方だったわりには、どこかしら口調はあっけらかんと乾いていて、結局のところ、そんなことはどうだっていいと思っている、と言いたげでもあった。

前に会った時よりも、髭が濃くなっていた。濃い髭が、肉感的な唇を囲むようにして生えていて、それとは対照的に小さなつぶらな瞳がまっすぐ自分に向けられるたびに、遊子は思わず反射的に目をそらした。

手こずらされっ放しのまま、結局、私たちはあの子に邪魔され続けて、それで疲れてしまったんじゃないの、と遊子は、スターバックスの二階にある、窓際のカウンター席でアイスコーヒーのストローをくわえながら苦笑した。

美奈がいたせいで自分たちは出会い、美奈がいたせいで、自分たちの関係は壊れていった。美奈は諦めずに、最後まで治につきまとった。治の愛を信じていたのではなく、治がいなければ生きていけないと思いこんでいただけなのに、それを恥じることもなく、美奈はまっすぐに、どこまでも治を追って来た。振りはらっても振りはらってもそこにいる、金色のうるさい蠅のように、美奈はいつだって、治の頭のまわりをぶんぶん飛んでいたのだった。

店はほぼ満席状態で、かろうじて一つ空いていた席に座ることができたのは僥倖だった。その席からは、天井まである大きなガラス窓の向こうに、プランタンとその界隈を眺めることができた。もしかすると、治が早めに来れば、その立ち姿を眺めることができるかもしれなかった。

「じゃあ、明日二時半に、プランタンの前の広場で」と昨夜、遊子が意を決して治の携帯に電話をした時、彼は言ったのだった。以前と変わらぬ、ほんの少し空気がもれるような甘ったるい言い方で。「プランタンはわかるよね？」

「前に行ったわ」と遊子は言った。「あなたと」

そうだったね、と治は言い、くすりと笑った。「よく覚えてるよ。ところで元気だった？」

「なんとか。あなたは？」

「うん。おかげさまで」

「仕事は順調？」

「まあまあだな。言葉にもやっと慣れてきたし。あなたは結婚したんだってね」

「そう」

「何て言えばいいのかな。おめでとう、かな」

「別にいらない、そんな言葉」

「そうだよな。なんか、悔しいもんな」

ふっ、と笑い声をもらしてはみたが、それきり他に話すことは何もなくなったような気がした。話したいことがありすぎるせいではなかった。治との間には、六年の空白があるのだった。六年前、凍結させた気持ちは二度と氷解することなく、遊子の中で静かな眠りについていて、話したいと思うことも会いたいと思う気持ちも、その一切が、たちまち、ひんやりとしたまどろみの中に消えてしまうのだった。

雨は小やみになっていた。気のせいか、あたりが少し明るくなったようだった。西から東から、わらわらと人があふれてくる。交差点のあたりは整理のつかない群衆と車と自転車とで、無秩序にごった返している。

化粧品会社のイベント会場では、たくさんの女たちが動き回っている。デジタル大画面では、誰もが知っているハリウッドの有名女優が、その化粧品会社の口紅を手に踊っている映像が流れている。音が聞こえてこないので、遠いスクリーンの無音の映画を眺めているような気がしてくる。

遊子はふと、夫の橋田のことを考えた。今夜もまた、仕事から戻るなり、彼は台所に立ってシンクを磨き始めるのだろうか。それとも今夜は、冷蔵庫の中にあるありったけの野菜を千切りにするつもりでいるのだろうか。妻の留守中、心おきなく、ものを磨き、野菜を千切りにすることができるのは幸福なのだろうか。憑かれたように朝までそれをやっていたい、と思うのだろうか。

心の中がまるで見えてこない者同士の結婚生活だった。それはしかし、気楽なものでもあった。見えすぎるのはよくないことかもしれなかった。

治との三年にわたる生活も、もう少し、見えるものが少なければもっとうまくいっていたのかもしれない、と遊子は思うことがあった。美奈のことだって、考え方次第で、案外、三人でうまくやっていけたのかもしれなかった。

治は遊子が知り合った当時、遊子と同じ、三十七歳だった。大手新聞社に勤めていたのだが、上司と大喧嘩して退職。その後、いかがわしい実業家の秘書になったり、教材を売り歩く仕事をしたり、タクシーの運転手をしたり、バーテンダーをしたり、転々と職業を替え、『イゾラ・ベッラ』で遊子と出会った時、彼は無職だった。

だが彼は、無職であることを隠さなかったし、恥じてもいなかった。いっとき、無職であっても、いくらでも割のいい仕事を探し出してくることのできる才能が、彼にはあった。

彼は人生のささやかな贅沢のためにこそ、金を稼ごうとした。老後だの安定だの蓄えだの、といった発想はひとつもなく、彼の目の前にあるのは常に現在だけだった。

その代わり、彼は何でもやってのけた。しかも彼が見つけてくる仕事は効率がよかった。別居中の妻と小学六年生だった娘には、毎月、決められた額を送金し、たとえ無職の時期が長く続いたとしても、それが滞ることはなかった。

遊子と治が暮らし始めたばかりの世田谷のマンションに、真っ赤な顔をして乗りこんで来た美奈は、遊子に向かって言ったものだった。

「言っとくけど、治をヒモにして、自分から離さないようにしよう、ったって無駄よ。治はね、絶対に女のヒモになんかなれない男なんだから。この人ってね、ずんずん、ずんずん、一人で生きていける人なの。あんたみたいに稼いでる女がいなくたって、生きていけるの。『イゾラ・ベッラ』の給料がどれほどいいかは知らないけど、治にはそんなの、関係ないの。治が女の稼ぎをアテにして生きてる、なんて思ったら大間違いよ。治はね、新宿中央公園でホームレスやってたとしても、自分が好きになった女には、それこそ『イゾラ・ベッラ』のイブニングドレスをプレゼントしちゃうような男なのよ」

美奈はその数年前に資産家だった父親を病気で亡くし、莫大な遺産を受け継いだ母親の元、結婚に失敗して出戻って来た姉と共に、悠々自適の生活を送っていた。美奈名義になった貸し駐車場や貸しビルもあった。たかだか二十代半ばの若さで、美奈は一生遊んで暮らせるパスポートを手に入れ、治という一人の男に執着する人生を選んだのだった。

「この人にとって、本当はお金なんか、どうでもいいの」と美奈は言った。「それでも、生きてくためにお金が必要だと思ったら、簡単に稼いでくるのよ。何だってできちゃう人なの。つまんないこと、ぐだぐだ理由づけたりしないの。そんな男、他にいる？　お目にかかったこと、ある？　だから好きなの。絶対に別れたくないの。あんたが彼とこうなったからって、あたし、絶対、諦めないから。いい？　覚えておいてよ」

治がタクシー運転手をしていた時、拾った客が美奈だった。深夜、泥酔状態で乗って来て、途中、気分が悪くなったと言って車を停めさせ、路肩でげえげえ吐き戻した。

気の毒に思って自宅まで送り届け、正体不明になっていたのを抱き上げて玄関まで運んでやった。その五日後、美奈は治の勤務するタクシー会社にやって来た。お礼に何か奢(おご)らせて、と言われた。断ったのだが、美奈は聞いていなかった。無理やり外に連れ出され、気後れするほど豪華なフランス料理の店で食事を共にさせられた。以来、美奈は自分から離れなくなったのだ、と治は言った。

美奈はいつ見ても、丈の短いスカートをはき、乳房の谷間が覗いて見えるほど襟ぐりの大きく開いたセーターやシャツを着ていた。肌の露出が過剰なわりに、そこに一切、性的な香りがしないのが不思議だった。

いつだって素っ裸になるようにして治を求め、愛して愛して、私だけを見ていて、と訴えながら、その実、美奈が求めているのは治の性器や治から受ける愛撫ではないのだった。美奈が本当に欲しがっていたのは、おそらく治の心だけだった。

別れてよ、あの子と、と遊子は治に頼んだ。それこそ数えきれないほど頼んだ。そのたびに治は、うん、わかった、と言い、俺ももう、これ以上、うんざりだよ、と言った。うんざり、と言うわりには、本当にうんざりしているようには見えなかった。かといって、美奈をふり捨てるのが惜しい、と思っているようにも見えなかった。

今度こそ別れてくる、と勇ましく言って出て行くのだが、帰って来た時には美奈が治の腕にぶら下がっていた。美奈は遊子を見るなり、なんであんたがまだここにいるの、と言った。

幼児が幼児に対抗するような、その幼い物言いの奥に、女同士が一人の男を争っているという匂いは感じられなかった。遊子が感じたのは、治という一人の男を追いながら生きることだけに人生の活力を見いだしている女の、いいも悪いもない、邪気のない意地のようなものだけだった。

或る時、遊子は、治の腕に取りすがって離れようとしない美奈の手をぐいと引き、その頬に平手を飛ばしてやった。美奈はよろけ、床に膝をつき、涙をためた目を大きく見開いて遊子を見上げた。

あたし、この人のことを好きなのよ、と美奈は呻（うめ）くようにして言った。大粒の涙があふれた。「何が悪いの」

返す言葉を失った。美奈が憎いのか、美奈と別れることができずにいる治が憎いのか、遊子にはわからなくなった。

わかっていたのはただ一つ。美奈も治も、何もせずにいながら平穏な幸福を味わおうとする種類の人間ではない、ということだけだった。

無為の平穏から遠ざかり、禁欲から遠ざかり、苦悩と紙一重の、きらきらする、汁の滴る果実のような欲望を隠さない、という点において、あの二人は形は違えど似たもの同士だった。そんなことを遊子は今も思う。

二時十五分になった。

遊子は席を立ち、化粧室に入って顔を直してからスターバックスを出た。いつのまにか雨はあがり、空の明るさも増している。プランタン前の交差点付近は、イベントが行われているせいもあってか、さらに人の流れが多くなっている。行き交う車、自転車、クラクションの音、人々の笑い声……街は地の底からわき上がってくるような快活さの中にある。雨あがりの湿った熱い空気が、むうっと肌にまとわりつく。

化粧品のイベント会場の前を通りすぎる。デジタル大画面から大音量で流れてくる音楽に、マイクを通して何かしゃべっている女の声が重なる。興味深げに足をとめて、会場を眺めている若い男女がいる。舗道脇にある植え込み部分の縁石に腰をおろし、アイスクリームを舐めている家族連れがいる。

プランタンの建物の一階に、『麦当労』と書かれた店がある。マクドナルドである。

ふいに、アイスクリームが食べたい、と遊子は思った。テイクアウト専用の窓口まで行き、ストロベリーサンデーを注文した。英語を使ったのだが、相手の若い中国人の娘に通じた様子はなかった。仕方なく、メニューを指さして微笑みかけた。小さなカップに入れられた、苺色のアイスクリームが手渡された。アイスクリームの上には、毒々しい色をした苺のシロップがたっぷりとかけられていた。

「謝謝（シェイシェイ）」と遊子が言うと、娘はにっこり微笑んでうなずいた。

それを手に、店の前の縁石の、空いているところに腰をおろした。目の前を行き交う人々の間で、携帯電話の着信メロディが重なり合うように鳴り響いている。どれも驚くほど大きな音なのだが、音は街が孕（はら）んでいるうねりのようなものの中にかき消され、溶けていく。

治と上海に来る少し前、美奈が自殺未遂をしでかして病院に運ばれたことがあった。入院は二日ばかりで済んだのだが、どうしてもハーゲンダッツの抹茶アイスクリームが食べたい、と言ってきたので、治と二人、持って行ってやった。

美奈は珍しく治ではなく遊子のほうを見つめ、その目に涙をためてうすく微笑みながら、ありがとう、と小声で言った。ごめんね、という言葉がそれに続いた。

自殺未遂の原因は不明だった。本人ですらよくわかっていなかったに違いない。

手首に包帯が巻かれていた。医師は「まったく大したことはない傷」と表現した。睡眠薬のたぐいも服用してはいなかった。本気で死のうとしたのではないことは、一目瞭然だった。

これからもしょっちゅう、何かやらかすかもしれないけど、絶対、あいつは死なないよ、と治は後になって遊子に言った。絶対に死なないから、と。
治にそう言われると、その通りのような気がした。自殺未遂、ではなく、ジサツミスイ、という文字が頭に浮かんだ。美奈のやることは、どれも、明るい陽射しの中、乾いたコンクリートの道に白いチョークで書かれた片仮名言葉のようだ、と遊子は思った。

雨あがりの街に、薄日が射してきた。化粧品のイベント会場の前には、さらに多くの人々が群がってくる。歩行者と、立ち止まって会場の中を窺っている人間とでごった返し、マイクを通した女の声や、デジタル大画面から流れてくる音楽が溶けこんでいる。そこに、車や自転車のブレーキの音が、けたたましい歯ぎしりのようになって混ざる。

絶え間のない音。淡く拡がる光。終わることのない昂揚。

遊子はカップの中のストロベリーサンデーを、添えられていたプラスチックのスプーンですくった。気温が高いので、溶けるのが早い。

ひと口、食べてみた。身震いするほど、それは甘かった。

甘味を確かめるようにしながら、交差点とは逆の方角に目を転じた。雨でおびただしく濡れそぼった舗道に、ゆらゆらと陽炎（かげろう）が立っている。行き交う人々の群れが、陽炎の向こうに揺れて見える。

遊子は治の姿を認めた。

初めはぼんやりしたのっぽの影法師のようにしか見えなかったのが、次第にはっきりとした輪郭を成し、それはやがて、遊子がかつて愛していた男の形を取りながら、少しずつ遊子に向かって歩いて来た。

ふいに甘美な予感が遊子の中を貫いた。

街のせいだ、と遊子は思った。この街が吐き続けている巨大なエネルギーのせいなのだ。

強靱さ、生命力、肯定、豊饒、瓦礫を恐れない力、前を向いていること、存在そのものを受け入れること、生き続けること、愛し続けること、諦めないこと、笑うこと、突き進むこと、振り返らないこと……。

治はどんどん近づいて来る。変わっていない。本当に何ひとつ、変わっていない。

クリーム色の細身のジーンズに、黒い丸首Tシャツ。いくらか右肩を上げて歩く歩き方、人を見る時に目を細める癖、口のまわりのかすかな不精髭。六年という歳月はそこになく、昨日会ったばかりの男のように、彼は屈託のない表情で遊子に向かって近づいて来る。

明日は日本に帰らなければならない、と遊子は思う。午後三時五十五分発のＪＡＬ６１０便。あと二十五時間しかない。

何故、そんなことを考えてしまうのか、わからなかった。遊子は溶けかかったストロベリーサンデーのカップを手にしたまま、立ち上がった。

治が遊子に笑いかけた。遊子もそれに応えた。

イベント会場がひときわ賑やかになった。空の雲が大きく割れ、一条の光が射した。金色の光の渦の中、治は立ち止まった。二人はやわらかく視線を交わらせた。

それ、と治は言い、遊子が手にしているストロベリーサンデーのカップを指さした。大きな声だった。大きな声を出さなければ、喧騒に負けてしまいそうだった。

「甘いだろ」

遊子はうなずいた。そして、「めちゃくちゃ甘いわ」と大声で返した。

春爛漫

　小ぎれいなオープンカフェの、外のテーブル席に座っているのはわたしと、あと一組、若い白人のカップルだけである。

　腕全体にぼやぼやとした金色の長い毛を生やしている男は、まだ四月になったばかりだというのに、チェリーレッドの色をした半袖のＴシャツ一枚しか着ていない。女のほうは、Ｇジャンに青いフレアースカートをはき、大きく足を組んで、さっきからマルボロをたて続けに吸っている。

　ふたりが飲んでいるのは、Ｌサイズのストロベリー・シェイク。男がしきりと何か話しかけ、女は鼻と口から煙を吐き出しながら、熱心にうなずいている。

　明るい店内に流れている音楽は、ヒップホップ・ミュージックである。日本語なのか英語なのか、外にいるとよく聞きとれない。

　カフェの前は、石畳が敷きつめられた広場になっている。夜八時四十分。広場の向こうにあるショッピングセンターは、九時で閉店になるはずなのに、勤め帰りのＯＬとおぼしき女たちが、正面の大きな回転扉の向こうにどんどん吸いこまれ、また、吐き出されてくる。

ショーウィンドウから夜の石畳の上にもれている光は、とろりとした蜂蜜のようだ。琥珀（こはく）色の蜂蜜が、ゆっくりとこちらに向かって流れてくるように見えるのは、少し酔ったせいだろうか。

わたしはさっきから赤ワインを飲んでいる。三杯目を注文する時は、少し勇気が必要だった。どう見てもまるで若くない女が、桜の季節、ひとりで夜、カフェに来て、わずか三十分の間に赤ワインをたて続けに三杯も注文する。彼女がどんな精神状態にあるのか、ふつうの人間なら容易に想像がつくだろう。

ものすごく幸福か、あるいは、ものすごく不幸か。ふたつにひとつ。

どっちなんだろう、とわたしは思う。自分でもよくわからない。自分が幸福なのか不幸なのか、あまり考えてみたことはない。そういう尺度でものごとを考え始めると、気持ちがどんより曇り出す。生きている実感が失われていくのがわかる。だから努めて考えないようにしている。

広場の片隅に、ライトアップされた大きな桜の木が一本ある。四方に拡がる枝の形といい、花のつき方といい、ここからの眺めは非のうちどころのない美しさである。

木を囲むようにして、幾つかのベンチが用意されている。宴会禁止、の小さな立札が立っており、シートを持ち出して花見の宴を開いている者はさすがにいないが、どのベンチも満席である。

さっきから黒いラブラドール犬を連れてベンチに座っていた大柄の、少し白髪まじりの男が、はじかれたように立ち上がった。ひとりの女が小走りに駆けて来る。レモンイエローの薄手のトレンチコートを着て、黒いバッグを小わきに抱えている。年齢はわからないが、遠目にも美しい女である。

男が満面の笑顔で両腕をいっぱいに拡げた。女がその腕の中に飛びこんだ。黒い犬は嬉しそうに烈しく尾を振り始め、大きく伸びをするなり、男の背中に飛びかかった。

ふたりの甲高い笑い声があたりに響いた。まるでその声が一陣の風になったかのように、桜の花びらが一斉に舞いおりた。

カズはまだ来ない。八時半までには必ず行く、と言っていたのだが、時間を守った例（ため）しのない男だから仕方がない。

小学校の六年間、わたしは父の仕事の関係で大阪で暮らしていた。中学入学と同時に東京に戻ったが、小学生時代、ずっとわたしとカズは同じクラスだった。家も近所だったし、親同士も仲がよかった。

和也という名の彼を、カズ、と呼ぶようになったのはクラスでわたしが最初である。そう呼び始めた時、男の子たちはみな、わたしがカズのことを好きなんだろう、と言ってからかってきた。

わたしは真剣に腹をたてた。

どや、正直に言うてみい、あいつのこと、好きなんやろ……そう聞かれるたびに、好きは好きだけれど、カズを男として見たことはこれまで、正真正銘、一度もない。今も昔も、カズはカズだ。

近所に住んでいて、六年間、同じ学校に通い、同じクラスで肩並べて勉強してきた。同じ給食を食べ、同じ風景を目にして大人になった。手垢がついてなじんだ見慣れた家具みたいなもので、彼がそこにいるのは当たり前だった。

互いに四十八歳になった今でも、時折、こうやって待ち合わせて会う。くされ縁やな、とカズは言い、その通りかもしれない、とわたしも思う。

カズはイラストレーターである。一応、成功した部類に属すると言っていい。結婚してからずっと大阪に住んで仕事を続けていたが、十年前に好きな女ができて離婚し、すぐにその人と再婚した。彼女が東京生まれの女性だったので、再婚後、連れ立って上京。まもなくその人との間に女の子が生まれた。

ふたりは夫婦というより、いつまでも変わらぬ恋人同士のように仲がよかった。むちゃむちゃ惚れてんねん、あいつに、と言うのがカズの口癖だった。

だが、娘が四つになるかならないかの年に、異変が起きた。カズが誰よりも愛した人の片方の乳房に、腫瘍が見つかったのだった。

手術も成功し、いっときは小康状態を保っていたのだが、転移してからはおそろしい速度で衰弱が進行した。短い闘病生活の後、彼女は逝った。

わたしはカズが通りすぎてきた人生のすべてを知っている。カズもまた、わたしの身に起きたおおよそのできごとを知っている。

別に意識して打ち明けごっこをしてきたわけではない。自然にそうなっただけのことで、一年も二年も会わずにいたこともあれば、半年以上、連絡ひとつ取らずにいることもあった。

それでも、気がつくとどちらかが電話をかけ、ろくな挨拶もしないまま、久しぶりやから飲みに行かへんか、うん、そうしようか、ということになっている。そして顔を合わせれば、どちらからともなく、胸の内をもらしている。そんな仲である。

三杯目の赤ワインに口をつけた。酔っているのかどうか、よくわからない。頭の芯がかすかにぼんやりしているだけで、そのぼんやりがなかったら、また泣いてしまうかもしれない、と思う。そう思うと怖くなり、思わずごくごくと喉を鳴らしてワインを飲みほしてしまいそうになる。

今日、わたしは初めて浅丘の娘と会った。美紀という名の娘だった。

浅丘美紀です、浅丘信彦の娘です、話したいことがあります、会いたいんですけど、どうすればいいですか……そう言って彼女がわたしの携帯に電話をかけてきたのは、昨夜九時半ころだった。

固い声だった。抑揚のないしゃべり方なので、テープに吹きこまれた血の通わない音声を聞いているようだった。

どうしてこの番号がわかったの、と聞きたかったが、黙っていた。そんなことを聞いても意味はなかったし、答えてくれそうな気配もなかった。

「急ぎの話ですか」とわたしは聞いた。馬鹿なことを聞いている、と思ったが、どうしようもなかった。

べつに、と美紀は言葉をにごした。後の言葉を待ったのだが、彼女は何も言わなかった。

わたしなんかと会って、どうするの、と聞いてみたかった。

おとうさんのアイジン、と美紀は思っている。アイジンというのは、まったくの間違いで、わたしは美紀の父親から生活の援助を受けているわけでも何でもない。だが、美紀にとってみれば、アイジンなのだろう。いやらしい、不潔、サイテイ、呪い殺してやる……多分、そんなふうに思われている。そんな人間とは会わないほうがいいのに、と他人事のように思う。

だがわたしは、気がつくと、「じゃあ、明日」と言っていた。「お昼すぎでいいですか。十二時半ころ」

「はい、それでいいです」

「どこで会う？　あなたの知っているお店、言ってくれればそこに行きますけど」

わずかの沈黙の後、美紀は「スタバ」と言い、「スターバックス」と言い替えた。

「地下鉄駅前の、マツモトキヨシの店の隣にある……」

ああ、あそこね、とわたしは言った。「わかります。そこにしましょう。では十二時半に」

プツリと電話は切られた。

浅丘と出会ったのは六年前。わたしが四十二、彼が四十三の時だった。

小さな翻訳事務所を開いているわたしのところに、番組制作会社から、三十分ほどのドキュメンタリー番組を作らせてほしい、という依頼が入った。毎回、働く無名の女をひとり取り上げ、様々な角度から紹介する『シリーズ・ウーマン』という名の番組だった。

民放の深夜枠で放送されている隠れた人気番組であることは、わたしもよく知っていた。どこで誰がわたしのことを耳に入れてきたものやら、是非出演していただきたい、という熱心な依頼だった。

わたしの事務所には、三十名ほどの翻訳家の名が登録されている。六か国語の範囲内なら、常時、質の高い翻訳を提供できる人材がそろっている。

文芸書、雑誌、パンフレット、専門書、なんでもござれで翻訳を引き受け、それぞれのジャンルを得意とする翻訳家に分配委託する。事務所にはわたしの他に、電話番のアルバイトの女の子をひとり置いているだけ。そうした仕事を思いたった理由と、わたし自身の経歴や人となりを浮き彫りにしたい、と言われた。

その打合せの際、初めて会ったのが、当時、『シリーズ・ウーマン』のプロデューサーをしていた浅丘だった。初対面の印象は悪くなかった。色黒で大柄。がっしりとした体型に似合わず、どこかに少年のような繊細さ、かみそりの刃のようなひりひりしたものを感じさせる男だった。

スタッフの応対ぶりは丁寧だった。撮影は気持ちよく進められた。テレビに出演するなど初めての体験で、ひどく緊張していたわたしを励まし、撮影のたびに、浅丘はわたしの傍にいてくれた。彼の笑顔が心地よかった。

その後、番組が完成した打ち上げ会が、赤坂のチャイニーズ・レストランで行われた。スタッフもまじえて食事をした後、飲みに行きませんか、と浅丘に誘われた。連れて行かれたのは、渋谷にある庶民的な居酒屋だった。

焼酎にしこたま酔ったわたしが「一年後どころか、半年後の自分もどうしているのか、わかんないで生きてるんですよぉ」と明るく言うと、彼はさらに明るい口調で「半年後、あなたはきっと、僕と一緒にいますよ」と言った。

後になって、その時のことを話してみた。彼は、ちっともおぼえていない、と少し申し訳なさそうに言った。

烈しく求め合う恋ではなかったが、気がつくと互いが互いの傍にいた。そして、そっと絡まり合いながら、アルマジロのようにひとつに丸まっていた。そんな感じだった。

めまぐるしくいろいろなことが起こった果てに、出会った男である。おまけに彼はとても、わたしになじんだ。なじむ、という意味では、かつて子供時代、手垢のついた家具みたいにいつも傍にいたカズと、どこか似ているような気もする。いるのがあたりまえ。いないことが考えられない。かといって、空気のような存在、というほどあっさりしているのでもなく、ともかくすべてがしっくりなじんで違和感がない……わたしと浅丘は、すぐにそういう関係になれたのだった。

そのうち浅丘は、週に二日、わたしの部屋に泊まっていくようになった。仕事が忙しくなると、それを口実にして家に帰らない。そのため、寝泊まりしていくのが三晩になり、四晩になってしまうこともあった。

彼が番組の撮影などで海外に行く時は、三度に一度の割合でわたしも自分の仕事をやりくりし、同行した。同じ町にわたしがホテルをとる。その日の仕事を終えると、撮影スタッフをうまくまいた彼が、夜になってからわたしのところに来る。撮影の仕事は長くてもせいぜい四、五日。終了すると同時に、彼はスタッフを先に帰し、わたしたちはさらに三泊、四泊の旅行を楽しんでから帰国した。

夫婦のような、というのでもない。かといって熱く燃えたぎった恋人同士、というのでもない。文字通り、浅丘はわたしになじんでいて、彼のいない人生は考えられなかったし、彼のほうでもおそらくは同じであるはずだった。

彼に家庭がある、ということも気にならなかった。それは彼の側の問題だった。そういうことにこだわりすぎるのはよくない。長く生きていれば、どちらにもそれぞれの過去があり、しがらみがあり、仕方がないのだ。

それでも彼は時々、酒を飲みすぎた時などに、わたしの過去を冗談めかしてなじる。

三十三で亭主の他に好きな男を作って離婚してさ、まだ三つだった可愛い息子を元亭主にあっさり渡してさ、それだけでも驚くっていうのに、その男とも別れて、今度は三十八で、相手は誰だか知らないし、聞きたくもないけど、未婚の母になる決心をして、せっかく決心したのに流産しちゃって、その果てに俺とこうなって、まったくあなたの奔放さには負けるよ、いったい全体、あなたの人生、どうなっちゃってるんだよ……と。

でもあなたが世界で一番好きよ、とわたしはおっとりと言う。だれよりも好き。だれよりもわたしになじむ。なじむ、という言葉を使うと誤解される恐れがあるから口にはしたことがないが、それはいつでもわたしの本心だった。

その浅丘は、今、入院している。都内に新しく建設中の、話題の大型フレンチ・レストランの取材撮影に同行し、工事現場の足場を歩いていて、あやまって足を踏みはずした。二階から一階まで転落し、彼はすぐさま救急車で運ばれた。幸か不幸か頭は打たなかったが、右足大腿部を複雑骨折していた。

退院するにはあと一と月かかるって言われた、いやあ、まいったよ、退院してからもしばらくは松葉杖だし、痛いし、ひとりじゃトイレにも行けないし、ギプス状態で、まだほとんど身動きできないんだ……そんなふうに彼から元気のない声で連絡があったのは十日ほど前だった。

とりあえずは命に別状ない、とわかったせいもあるのだろう。心配するとか、驚くとか、動転するとか、そういった気持ちにはなれなかった。

ああ、きたな、とわたしは思った。思ったのはそれだけだった。

いつかはこういうことがおこる、とどこかでわかっていたような気がした。怪我か病気か、あるいはのっぴきならない出来事のせいなのか、それはわからない。だが、深く長くかかわる中で、いつかふたりのうちどちらかに、こういうことがおこり、しばらく会えなくなる時がくる。そうならないほうがおかしい、と思っていた。

できるだけ電話するよ、俺から、と彼は言った。

うん、そうして、とわたしは言った。

見舞いに行くとか行かないとか、そんな話はしなかった。その種の他人行儀はいやだった。

行きたいと思ったら、わたしは何があっても行く。来るなと言われても行く。行って顔を見て、手を握って、軽く抱き合い、キスし合う。たとえその時、彼の妻が部屋に入ってきたとしても、平然と挨拶を返すことができると思う。

その代わり、見舞いに行くことにわずかでも心の揺らぎ、迷いが生じるようだったら、行かない。決して行かない。

自尊心の問題ではない。それは世界で誰よりも自分になじむ男に向かおうとする時の、長年かかってわたしが決めた、わたしだけのルールだった。

浅丘の娘の美紀は、たぶん、父親が入院したのをきっかけに、腹にすえかねていたものを吐き出したくなったのだろう、とわたしは思った。十八歳になっているはずだった。私立の女子大に入れたかったんだけど、遊んでばっかりいて、成績がぱっとしなくてね、入試に失敗して一年浪人だよ、と浅丘がぼやいていたことを思い出した。

浅丘の子供は美紀の他に、男の子がひとり。良という名だ。美紀よりも三つか四つ、年下である。浅丘は娘よりも息子のほうを可愛がっていて、良を釣りに連れて行ってやった、とか、良のやつ、こないだガールフレンドを連れてきやがった、とか、わたし相手にそんな話をすることが多かった。

わたしは腕時計を覗く。八時四十五分。カズはまだ来ない。九時まで待って、来ないようだったら、携帯で連絡を取ってみよう、と思いながら、赤ワインをまたひと口、飲む。渋みが喉の奥にはりつくのがわかる。

初めて会った美紀の顔ばかりが浮かんでくる。整った美しい顔だちだが、少し目がつりあがっていて険しい表情に見えた。高校を卒業したばかりの十八には見えず、もっと年が上のように感じられた。

化粧がおそろしく濃いのと、父親の恋人を相手にしようと緊張しているせいかもしれなかった。この子はこの子なりに、大変な覚悟を決めて、父親の恋人に会いに来たのだ、と思うと哀れをおぼえた。

約束の十二時半少し前に駅前のスターバックスに入って行くと、美紀は座っていたスツールから降り、じっとわたしのほうを見た。睨むような視線だったのと、面差しがどことなく浅丘に似ていたのとで、その子が美紀であることはすぐにわかった。

黒いフレアーのミニスカートに、ロゴの入った丈の短い銀色のトレーナーを着て、赤茶けた色に染めた髪の毛を肩のあたりまで伸ばしていた。髪の毛の先をワックスでハリネズミのようにとがらせ、耳には赤い小さな球を連ねたピアスが揺れていた。

おそるおそる近づいて行ったわたしに、美紀はぺこりと形ばかり頭をさげ、「浅丘美紀です」と小さな声で言った。

午どきだったため、カウンターは満席だった。美紀とわたしは小さな丸いテーブルをはさんで、スツールに腰をおろした。

店内はがやがやと騒々しかった。来ているのはほとんどが近所の会社に勤めているOLやサラリーマンだった。時々、若い女の笑い声がはじけたが、総じて人々の話し声が店内をぐるぐると回遊しているだけであり、じっと聞いているとそれは何か、蜂の羽音のように単調なものに聞こえた。

「先にコーヒー、買ってきますね」とわたしは言った。美紀は答えずにわたしをじろりと見た。美紀の前には、口をつけた様子のないアイスティーのグラスが置かれていた。

他の客たちの後に並んで、やっとコーヒーを手にしてから席に戻ると、美紀はミニスカートをはいた足を組み、はすっぱな目つきでわたしを見ながら、ふふん、と言った。笑ったのか、単に鼻を鳴らしてみせただけなのか、わからなかった。

「父とずっとつきあってたこと、知ってました」と美紀は言った。声は震えてはいなかった。堂々としていた。その分だけ、表情が魚のように死んでいた。

「母も弟も知ってます。ずっと前から。父はあなたんところに、しょっちゅう、泊まってたんですよね」

それには答えず、わたしはコーヒーをひと口飲んだ。心臓がどきどきしていた。相手が浅丘の娘だと意識すればするほど、情けなくも気が遠くなりそうになった。

それでも片方では、美紀が、おとうさんおかあさん、パパママ、と言わずに、「父」「母」と言ったことに感心していた。きちんとした家庭教育を受けている子だ、と思った。どうしてこんな時に、そんなことに感心していられるのか、自分でもよくわからなかった。

「何年になるんですか、父とつきあって」

わたしはまばたきをした。美紀を見るのが怖かった。伏し目がちにテーブルに視線を落とした。

「五年くらい？　そうですよね。父があなたのところに泊まってくるようになって、父と母がけんかし始めたのが五年くらい前だから。よく覚えてる。あ、でも、それよりずっと前から父とあなたはつきあってたのかもしれないけど」

わたしは黙ったまま、丸い小テーブルの上のコーヒーカップを見つめていた。何も目に入ってこないのに、それが白いコーヒーカップである、という、その〝言葉〟だけがわたしの頭の中で渦をまいた。

「ずっとそうやって黙ってる気ですか」

ひややかな口調で聞かれ、わたしはつと顔をあげた。「いえ、そんな……」

「あなた年はいくつなんですか。あ、でも、べつに聞かなくても知ってますけど。母よりも三つくらい上なんでしょ？　こんなこと言って悪いけど……呆れちゃうくらい、おばさんですよね」

そうね、とわたしは静かにうなずいた。腹は立たなかった。水のようにうすい悲しみが、ひたひたと押し寄せてきただけだった。

ねえ、と美紀は言った。「……どういうつもりなんですか」

「どういう、って？」

「すっごくおばさんで、すっごくいい年してるくせに、五年も六年もこんなこと続けてて、いいと思ってるんですか。あなたがいけないんです」

「わたしが？」

「あたりまえじゃない。母はね、ほんとは気が弱い人なの。母がかわいそう。いつも父の機嫌をとって、気をつかって。わたしから見てもイライラするくらい、父の言いなり。でもね、母は父をあなたに取られるのがものすごく悔しいのよ。母はほんとに殺したいほどあなたのこと、憎んでるんです。弟だってそうよ。みんなあなたのこと、憎んでる。父もいやだけど、あなたのことはもっといや。あなたさえいなかったらよかったんだわ」

そうかもしれない、とわたしは言った。言いながら、初めて顔をあげて美紀を正面から見た。

「今日は、そういうことをわたしに言いたくてここに?」

「何よ、その言い方」

「何、って……何?」

美紀は大きく息を吸うと、小鼻をひくひくとふくらませた。「それって、すっごくえらそうな言い方。あったまくる」

「ごめんなさい、そういうつもりじゃ……」

「えらそうにしないでください。全部あなたが悪いんだから」

わかった、と言うつもりで、わたしは深くうなずいてみせた。口の中がからからに乾いていた。

「聞かせてくれます? あなたは今、おかあさんの代わりに、ここに来ているの? おかあさんがあなたに、わたしと会って、そういう話をしていらっしゃい、って言ったの?」

「母がそんなこと言うわけないでしょ。わたしは母には何も言ってません。なんでそんなこと聞くの」

「そのことだけは確認しておきたかったから」

美紀は神経質そうにまばたきを繰り返した。「入院中の父の携帯を調べて、あなたの番号を見つけたんです。父の枕もとにあった携帯をね、父が眠ってる間に持ち出して、病院のロビーに行って、こそこそ調べたの。……悪いですか」

ちっとも、とわたしはかすかに笑みを浮かべ、静かに首を横に振ってみせた。「悪くないわ」

「若い女の人だったらよかったのに」と美紀は言った。意地悪を演技するような、ふてくされた言い方だった。「あなたがよ。母も同じこと言ってる。そうしたらすぐに別れてくれるから、って。父みたいに結婚して子供もいるおじさんとずっとずっと、自分は結婚もしないでつきあっていこうだなんて、そんな馬鹿な若い女、ひとりだっていないもの。お金渡せばそうしてくれる人はいるかもしれないけど、父だってそんなに稼いでるわけじゃないからできないし。若い女だったら、そのうち結婚したくなって、他にも若くていい男がいっぱいいるから、単なるおじさんの父なんか、すぐにフラれちゃうに決まってるんじゃないですか。それがねえ、相手がこんなにおばさんじゃ、なかなか別れてくれないだろうし、って、母も言ってた。浮気をするにしても、なんで、父は若い女の人とじゃなくて、年くった図々しいおばさんなんかと……」

わたしは続く言葉を遮るようにしてうなずき、そっとバッグを手にした。

「あの、ごめんなさい、わたし……そろそろ行きます」

待ってよ、最後まで聞きなさいよ、とすごまれるかと思った。行きたきゃ行けばいいでしょ、あなたなんか、大っきらいよ、死んでもらいたいくらいよ、とわめきながら、グラスの中のアイスティーをいきなり顔にひっかけられるかもしれない、と思った。

だが、美紀は黙ったまま、小ゆるぎもしなかった。

「お話はだいたいわかりました。でも、これ以上、聞かないほうがいいと思うの。だから、ごめんなさい。わたしはこれで」

美紀はそっぽを向いた。下くちびるがかすかに震えているのが見え、わたしは一瞬、この子は泣き出すのではないか、と思った。

さよなら、とわたしは小声で言った。美紀は泣きそうな顔をしながらも、完全にわたしを無視した。

スターバックスを出て、そのまま歩き続けた。どこをどう歩いているのか、わからなくなったが、気がつくと地下に降りて、商店街を抜け、非常階段の脇にある婦人用のトイレに入っていた。

トイレには中学生とおぼしき、制服姿の女の子がふたりいるだけだった。女の子たちは、何やらけたたましく喋りながら、それぞれのリップクリームを交換し合い、鏡に向かってくちびるを突き出していた。

早くひとりになりたかった。一番奥のボックスの中に入り、ドアを閉め、鍵をかけた。

蓋(ふた)をしめた便座に腰をおろし、両手で顔を被った。とたんに涙があふれてきた。泣くようなことではない、と思うのだが、どうしようもなかった。わたしはたっぷり二十分間、同じ姿勢で泣き続けた。

トイレットペーパーで鼻をかみ、天井を見上げた。外が賑やかになり、トイレに女たちが連れ立って入って来たのがわかった。声のトーンから、老婦人のグループのようだった。わたしの入っているボックスのドアがノックされた。

わたしはノックを返し、もう一度、鼻をかみ、涙をふき、くちびるを強く結んでから立ち上がった。鼻をかんだトイレットペーパーを丸めて便器の中に流し、その水音に包まれながら目を閉じた。

カズに会おう、会いたい、会わなくちゃ、と思ったのはその時だった。


桜の木の向こうに、やっとカズの姿が現れた。

八時五十五分。八時半に行ける、と言っておいて、三十分以内の遅れですんだのは上等の部類に入る。ひどい時は一時間近く待たされる。

三十分が限度よ、といつもカズには言ってある。するとカズはそのたびに、わかってるわかってる、と後ろ頭をぽりぽり搔きながら笑う。

「それにしても俺、なんでこないに遅れるんやろ」

「そんなこと、聞かれたってわかんないわよ。救急病棟の医者でもあるまいし、たかがイラスト描いてるぐらいで、なんでそんなに遅れるのか、こっちが聞きたい」

「そやなあ。なんでやろなあ」

「そもそも、時間の配分の仕方がわかんないのよ。不器用で頭がわるいのよ」

「相変わらずやなあ。きついことばっかり、ぽんぽん言うて。腹たつなあ、もう」

……時に、そんな会話も交わされる。そのたびにわたしは思う。思ったことをその場でぽんぽん、気持ちよく口に出せるのはカズだけなのだ、と。

いつもの通り、今日も彼の足取りはまるでゆっくりだ。待ち合わせの時間に大幅に遅れた人間の歩調とは思えない。わたしはカフェの椅子に座ったまま、足を組み、腕組みをしてカズを見ている。

中肉中背。眼鏡をかけていることと、笑うと思いがけず若く見えること以外、これといった特徴というものがない。

丸い顔。少し額がうすくなっている。五分刈りふうにカットした白髪まじりの髪の毛は、子供時代と変わらぬやわらかい猫っ毛だ。

着ているものは、くたびれて膝の出たブルージーンズにしわの寄った白いシャツ、着古したようになっている黒のジャケット……。夜の花見気分で外に出て来た若作りの中年男が、散歩の帰りに近所の居酒屋で一杯やって行こうとしている、といった風情である。

「なんやねん、こわい顔して人のことじっとにらんで」

わたしに近づいて来るなり、カズは笑顔でそう言い、大きく椅子をひいてどかりと腰をおろした。「どこもかしこも桜が満開や。きれいやなあ」

「偶然だけど、ここ、お花見の穴場だったみたいね。あの桜、最高にきれい。ねえ、わたし、そんなにこわい顔してた？」

「してたした。腕組みなんかして、余計にこわいわ」

わたしは笑いながら軽く彼をにらみつけ、「何を飲む?」と聞いた。

「そやな、俺も赤ワイン」

うん、とわたしはうなずき、白い大きなエプロンをつけてやって来たギャルソンに赤ワインをグラスで、と注文した。

「ずいぶん飲んでんのとちがうか」

「これが三杯目。なんで?」

「なんや、目つきがとろん、としてるから。目はとろん、としてるくせに、顔はこわい」

「こわいこわい、って、しつこいわよ。いつものことながら、待たされてうんざりしてただけなんだから」

ふうん、とカズは言い、にやにやしながらわたしを見た。「またなんか、あったんやろ」

「そう見える?」

「なんかあった時しか、お呼びがかからへん」

「そんなことない、考えすぎだってば」

「ま、ええけど。まじめな話、遅れて悪かった。遅れた理由はな、言い訳するわけやないけど、出がけにちょっと驚いたことがあってな、それでちょっとの間、ぼーっとしてて、乗るはずだった電車に乗り遅れた」

「どうしたの。何かあったの」

カズは椅子の背に深くもたれ、いったん、眼鏡をはずしてから、片手でごしごしと目のあたりをこすった。「……節分の豆が出てきてん」

「節分の？　何の話？」

「今日な、夜出かけるからって、いつもの通り、夕方からおばあちゃんに来てもろうたんやけどな。三人で晩飯食って、俺が出かける支度始めた時、おばあちゃんに佳織のいつものパジャマがない、言われてな。俺、ここんとこ、忙しくて洗濯し忘れてたのを思い出して、しゃあないからって、箪笥を開けて、ずいぶん前にバーゲンで買うといた新品のパジャマを取り出そうとしてん。そしたらやな、取り出したパジャマの下……その箪笥のひきだしの底から、節分の豆が出てきた。ころっ、って。ひと粒だけ」

わたしはそっとカズを見た。赤ワインが運ばれてきて、カズはグラスを手に軽く乾杯の仕草をした後、口をつけた。

「四年前の豆や。由香利が死ぬ半年前の。あの年の節分に、佳織と三人で豆まきした。豆まきなんかしたの、由香利と一緒になってそれが最初で最後やったから、その時のことはよう覚えとる。由香利が珍しく積極的に言い出してん。豆まきしよう、って。それが家族三人の最後の豆まきになる、って、彼女、わかってたんやろうと思う。もう身体の具合がかなり、悪うなってた頃やったし。部屋の窓をひとつひとつ開けて、みんなで鬼は外、福は内、って大声出してな。そらもう、派手に大量にまいたもんやから、家中、豆だらけや。その時、寝室の箪笥のひきだしが少し、開いてたんと違うかな。まいた豆が、ひと粒だけ、その中に転がりこんだんや」

うん、そうね、きっとそうだと思う、とわたしは言った。「……切ない話ね」

ああ、切ない、とカズも言った。

「で、その豆、どうしたの？」

「持ってきた」

「え？」

カズはわたしが見ている前でジャケットのポケットをさぐると、ティッシュペーパーにくるんだひと粒の豆を取り出した。わたしは黙ってそれをつまみ上げ、掌に載せて軽く転がした。

何の変哲もない、古びて黄色く変色した節分の豆だった。乾ききって、皮の部分がはがれかけていた。

「捨てられないよね」

「ああ、捨てられへん」

「だったらいっそ、食べちゃえば？」

「あの日、由香利と一緒にまいた節分の豆をうんこにして出せ、っちゅうのか。あんまりや」

「じゃあ、お守りにしてればいい。財布か何かに入れて」

「そやな。それがええ。そうするわ」

カズに豆を戻してやると、彼は情けないような笑みを浮かべながら、再びそれをティッシュにくるみ、大事そうにポケットにしまった。

わたしたちはしばらくの間、黙ってワインを飲み続けた。

広場のむこうのショッピングセンターは閉店したらしく、人の出入りは途絶えている。にもかかわらず、ショーウィンドウからこぼれてくる光は相変わらずで、うす闇に包まれた広場の敷石は、やっぱり蜂蜜色に染め上げられている。

桜の木の下には、夜も更けつつあるというのに、さらに大勢の人が集まって来る。

ほとんどがカップルである。

気づかなかったが、広場の片隅に屋台が出ている。おでんの屋台のようである。その屋台のまわりにも人が群がっている。祭りの夜のようでもある。

ほんの少し、風が出てきた。カフェの店内でかかっているヒップホップ・ミュージックが、風に乗って屋台のほうに流れていく。桜の白い花びらが、はらはらと、そぼ降るように舞い続けている。そこだけが静かである。

さっきまで女とベンチで、顔と顔とをくっつけ合うようにしていた黒い犬を連れた男は、いつのまにかいなくなっている。半袖姿の白人男とマルボロを吸っていた白人女のカップルは、まだカフェの外のテーブル席にいて、クロワッサンのチーズハムサンドをかじりながら、生ビールを飲み始めている。

「しばらく会ってないけど、佳織ちゃん、元気？」とわたしは聞いた。

「三月の初めにインフルエンザにかかってな、高熱出して大変やったけど、すぐ治ったわ。まあ、総じて丈夫な子で助かっとる」

「父親に似てるのよ」

「母親に似なくてよかった。早死にする」

「そういう意味で言ったんじゃない」

「わかってるがな」

わたしは微笑んだ。「またカズんとこ、遊びに行きたいな」

「いつでもええよ。大歓迎や。佳織がよろこぶやろなあ」

うん、とわたしはうなずいた。「そのうち行くね。また、わたしのこと、くんくん、においを嗅ぎにくるかな、佳織ちゃん」

「行くで、行くで。絶対行くで」

そうよね、きっとそうよね、とわたしは言い、思いがけず鼻の奥が熱くなるのを感じた。

四つで母親を亡くした佳織は、大人の女のもつやわらかさ、ぬくもりに飢えている。化粧水やファンデーションのにおい、出がけに吹きつけるオードトワレのにおい、清潔な甘いシャンプーのにおいに飢えている。

初めてわたしがカズの家に遊びに行った時のこと。初めのうちこそ、人見知りをして近づいてこなかった佳織も、時がたつうちに慣れてきた。

夜になって、わたしが帰ろうとした時、佳織がわたしのそばにやって来た。「佳織ちゃん、やっと慣れてくれたな」とふざけて言いつつ、力強く抱き寄せてやると、彼女はおずおずと、しかし嬉しそうに、わたしのうなじや頬、耳のあたりに鼻をおしつけ、くんくんとにおいを嗅ぎ始めた。

いいにおい、と佳織は言った。佳織の目は元気のいい子犬か子猫のそれのように、輝いていた。

わたしは佳織を抱きしめた。佳織の頭からは日向のにおいが漂ってきた。「もっとわたしのにおい、嗅いでていいよ」

「うん」

「ねえ、どんなにおいがする?」

「いいにおい」と佳織は繰り返した。そして恥ずかしそうに言った。「ママみたい」

由香利に死なれてから、カズは男手ひとつで佳織を育ててきた。由香利の実母はまだ元気で、カズの家の近くで一人暮らしをしている。

そのため、カズが仕事で旅に出て何日か家を空(あ)けたり、夜、外出したりする時は、その義母に来てもらうのが習慣になっている。

俺の仕事もそれなりに大変だし、義母(はは)がいなかったら、到底、無理やったよ、とカズはいつも謙遜(けんそん)する。だが、義母の援助を極力避けて、育児家事の大半をカズがひとりでこなしてきたのをわたしはよく知っている。

「えらいよ、カズって」とわたしは赤ワインが残り少なくなったグラスを手に、前を向いたまま言った。

「え？　何が？」

「わたしは、昔、息子を捨てて男に走って、子供も家族も自分から捨てた人間でしょ。そのくせ、後になってテレビで家族が出てくるコマーシャルを目にしたり、家族がみんなで楽しそうにレストランで食事してるのを見たりすると、ふっと目をそむけちゃうんだ。今も全然変わってない。相変わらずそう。弱いのよ、家族に。からきし弱いの。そんなに大切なものだったんなら、自分から捨てたりしなきゃよかったのに……全部自分のせいだし、ほんと、別に後悔はしてないんだけど、とにかく弱い。どうしようもないよね」

「何が言いたいんや」

「だからさ、わたしがそんなふうにどうしようもないやつだ、っていうのに、カズは、まだ佳織ちゃんが小さい時に由香利さんに死なれて、あんなに愛してた人を失ったことだけでも、どんなにかきつかっただろうって思うのに、きちんきちんと生きてるじゃない。佳織ちゃんをちゃんと育てて、イラストレーターとしていい仕事もして。えらいよ、カズ。あなた、最高だよ。あっぱれだよ」

「やっぱり今日はちょっと、様子が変やな。そんなに褒められたら、気色わるいやんか」

「いいじゃない、たまには」

わたしはうつむき、くすくす笑い、手にしていたままのワイングラスの縁を指先でなぞった。そして中のものを飲みほし、軽くギャルソンに向かって手をあげて、同じものをもう一杯、と頼んだ。あ、俺も、とカズも言った。

「今、すごく変なこと、思い出した」とわたしは言った。「昔見た動物のドキュメンタリー番組でね、撃たれて喉に穴を開けてるライオンが出てきたの」

「なんやそれ」

「立派な雄ライオンよ。ハンターの銃でね、ほんとに喉のまんなかを撃たれて、弾がうしろに貫通して、それでもどういうわけか、急所をはずれたらしくって、死なずにいるのよ。喉に穴は開いたけど、出血もそれほどでもなくて、傷はそれなりに塞がっちゃったんでしょうね。ライオンは、自分がどういう状態にいるのか、理解できない、っていう感じなんだけど、別にふらふらしてるとか、死にそうだとか、そういう動きはないの。ちょっと見てるだけでは、ふつうなの。そのライオンがね、水を飲みに行くのよ、川に。喉がかわくのよね。彼は舌をつかって一生懸命、水を飲もうとするんだけど……水はね、喉に開いた穴から、飲んだ分だけ、ざあざあ、こぼれちゃうの。なんにも喉の奥に入っていかないで、こぼれた水はそのまんま、彼の喉の下のふさふさした毛をぬらしていくの」

カズは黙ったまま、じっとしていた。四杯目の赤ワインが運ばれてきた。わたしは、首をすくめ、くすっ、と笑ってみせた。

「すごい話でしょ。でも、なんか、象徴的な感じがした。生きる、っていうのは、喉に穴が開いてても、水を飲もうとすることなんだな、って思って。すごいよね、生きようとする本能って。こわいくらいよね。でもわたしにはないかもしれない。喉に穴なんか開いてたら、すぐに諦めちゃうと思う。水を飲もうともしないで、生きてくことを諦めて、まっさきにひからびていくだろうと思う」

カズがわたしのほうをそっと振り向いたのがわかった。だが、わたしは視野の片隅でそれを捉えただけだった。

「なんかあったんか」

「どうして？」

「ちょっと様子が変やから」

「何もないわよ」

「もしかして浅丘さんの容態が、急に悪うなったんと違うか」

わたしは首を横に振った。「彼は大丈夫。骨折以外は問題ないみたいだし。あの年だから、骨折すると厄介で、若い人より治るのに時間がかかるらしいけど」

「そやったらええけど」

「彼のこと、気にしてくれてるの？」

「ちょっとはな」

「ありがたいことね」

あほ、とカズは言い、短く笑った。

カズに会ったら、真っ先に美紀のことを話そうと思っていた。聞いてもらいたいと思っていた。浅丘の娘に呼び出され、こんなふうに言われた、あんなふうに言われた……そういうことをすべて教え、スターバックスを出た後、トイレに飛びこみ、二十分間、泣き続けたことまで、正直に打ち明けてしまおう、と思っていた。

だが、そんなことはもう、どうでもいいことのように思えてきた。

無理してやさしい気持ちになろうとか、すべてを許す気持ちにならねばならない、とか、そういったことではなかった。自分が春のまっただ中にいて、爛漫(らんまん)と花咲かせている桜の木を眺めながら、手垢のついた家具みたいになじんだ古い幼なじみを相手に、ワインを飲み、喉に穴を開けられた雄ライオンの話をしている……今はそのことだけを味わっていたい、それがすべてだ、とわたしは思った。

ねえ、カズ、とわたしは呼びかけた。

そんなふうに呼びかけると、子供のころ、「ねえ、カズ、消しゴム貸してよ」「ドリルの宿題、やってくるの忘れた。見せて」などと言いながら、後ろの席のカズを振り向いている自分が思い出された。

カズはいつもそこにいた。たとえ、借りようとしている消しゴムやドリルの解答がなくても、カズだけはいつも、そこにいた。

「……なんかこう、いろんなことがどうでもよくなっちゃうことって、ある？」

「そんなもん、しょっちゅうや」

「そういう時、どうするの？」

「まず酒を飲む。それから寝る」

「それだけ？」

「できれば寝る前にうんこをする。うんこは大事やで。人の気持ちをすっきりさせる」

わたしは笑った。「そういうもん？」

「そういうもんや」

「カズ。もしもよ、もしもの話だから、あんまり真剣に取らないでよ。もしもわたしから、一緒に死んで、って頼まれたらどうする？」

「佳織がまだちっちゃいから、ちょっとは考えるやろなあ」

「そういう現実の問題は別。わたしだって、今、死んだらいろいろ大変だもの。事務所の責任もあるし。たくさんの翻訳家、抱えてるし。そういうことは別にして、カズのね、本心ていうか、生き方を知りたいの。しがみつくようにしてでも、寿命尽きるまで生きようとしてるのか、それとも……」

「ええよ、一緒に死のか、って言うよ」

わたしはカズのほうに向き直った。ふざけた顔を作りながらも、口調だけは真剣に聞いた。「それ、迷わずに即答してくれる、ってこと？」

「ああ、即答やな」

「未練、ない？」

「まじめな話、佳織のこと以外、なんもあらへんな」

「相手がわたしでもいいの？」

「しつこいな。いいから、いい、って言うとるやないか」

「じゃあ、いつか一緒に死んでくれる？」

カズはとても若く見える笑顔を作り、「ええよ、いつでも」と言った。優しい言い方だった。

「だけどな、その前に聞かしてほしい。……ほんまに死にたいんか」

「ちょっとだけ」

「なんでまた」

「わかんない。もう、いろんなこと通りすぎてきて、人生充分、って思うからかもしれない」

「それなら幸せやんか」

「でも、身体のどこかに穴が開いててね、さっきの話のライオンみたいに、飲んでも飲んでも、飲んだ水がこぼれてくみたいな、そんな気持ちになることがあるの。うまく説明できないけど」

「生きてる証拠や」

カズが低い声で言った。わたしはカズを見た。ふいに胸が熱くなった。

「それこそが生きてる証拠やんか」とカズは繰り返した。「そやろ？」

わたしが黙っていると、カズは改まったように椅子の上で身を乗り出してきた。

「どないしたん。何かあったんなら、聞いてやるから、言うてみい」

「何もないよ」

「嘘つけ」

「何もないって」

「なら、なんで俺と死ぬんや。一緒に死んでほしい、って頼むんなら、相手は俺じゃなくて、浅丘さんやないのんか」

「一緒に死ぬなら、カズのほうがいい」

「なんでや」

「カズのほうがいい」とわたしは顔を上げ、彼を見つめたまま、子供のように繰り返した。語尾が震え、小鼻が震え、くちびるが震え出した。どうにも止まらなくなった。


何故、そんな駄々っ子のようなことを口にしているのかわからない。一緒に死ぬのなら、相手はカズではなくて、浅丘に決まっているのに、どうしてカズのほうがいい、などと言ってしまうのか。もしかして、一緒に死んでくれるのなら、相手は誰でもいい、ということなのか。ひとりで死ぬのがいやだから、誰でもいい、一緒に死んでほしい、と頼んでいるだけなのか。

まるで子供だった。子供そのものだった。

わたしは首を横に振り、前歯でくちびるを強く嚙んだ。視界がうるみ始めた。目の前にあるカズの丸い顔が、水の中で見る顔のようになった。

カズは照れたようにひと声、笑い声をあげ、もとの姿勢に戻った。ワインを飲み、ふうっ、と吐息をつき、あほやな、とだけ言った。

風向きが少し変わったらしい。桜の木の向こうにある屋台から、かすかにおでんの香りが漂ってくる。

わたしは指先でそっと涙を拭い、両手で勢いよく髪の毛を後ろに流した。うなじのあたりをぶるんと震わせ、小さく深呼吸した。

「おでん、食べたくなったな」とわたしは言った。「あそこの屋台、行かない？」

よっしゃ、とカズが背筋をのばして言った。「俺、やっぱ、ワインより焼酎のほうがええわ」

「なら、焼酎、たくさん飲もう」

「相変わらず飲んべえやな。ほんまのザルや」

「そうでもないよ。これでも若いころと比べたら、ずいぶん弱くなったのよ」

「当たり前やろ。もうすぐ五十やで、俺たち」

「でも、わたし、六十になっても飲むよ。七十になっても八十になっても、がんがん飲むよ」そう言って笑顔を作り、わたしはカズと向き合った。「飲むの、ずっとつきあってよね」

つきあいきれるか、とカズは言い、わたしたちは大声で笑い合った。

カズの分もわたしが会計をすませ、わたしたちは連れ立ってカフェを出た。

ショッピングセンターのショーウィンドウからこぼれてくる、蜂蜜色の光に向かってわたしたちは歩く。空気が少しひんやりとして肌寒い。

桜の木の下に立ち、歩みを止めて空を仰ぐ。花はそれぞれの枝にびっしりと、張りつくようにして咲き誇っている。軽く風が起こるたびに、下枝のあたりから花が揺れ、上へ上へと揺れが伝わって、やがてはらはらと雪のように白いものがやわらかく舞い落ちる。

夜空は黒い天幕のようだ。桜の花の白と、空の黒とが、鮮やかな輪郭を描き、見ているだけでドキドキしてくる。

春は今、爛漫である。胸焦がされるほどに爛漫である。

この世のものは、こんなふうにすべて自分になじんでいるのだ、とわたしは思った。カズや浅丘はもちろんのこと、いろいろとうまくいかない仕事や人間関係にしたって全部、それなりにわたしになじんでいる。手垢のついた家具みたいになっているし、今はそうでないものも、そのうちきっと、そうなっていくに違いないのである。

屋台から漂ってくるおでんの香りが、濃厚になってきた。カズがくしゃみをする。

春だね、とわたしが桜を見上げたまま言うと、カズはそれに答えようとして、もう一度、大きなくしゃみをした。

解説——小池真理子は発展途上作家である

堀　茂樹

今からちょうど三年前、単行本として刊行されたばかりの『夏の吐息』を貪り読んだ私は、たちまち確信した。誰が何と言おうと、世間がどう思っていようと、小池真理子は発展途上作家である、と。

小池真理子さんがいかなる世代に属するかということも、また、すでに押しも押されもしない実績を積み重ねてきた人気作家であることも、むろん承知していた。承知していたからこそ、私は瞠目したのである。彼女の年齢で、彼女ほどの定評をいったん獲得してしまえば、あとは固定ファンのために、名人芸よろしく、期待されているとおりの定型作品を定期的に紡ぎ出し、危なげのない円熟の境地とやらを示すのが、わが国における物書きの常道であろう。半ば化石化して「先生」と呼ばれ、文壇の重鎮にはなれなくとも前頭くらいにはおさまり、男ならば骨董道楽、女ならば着物道楽に憂き身をやつしてみせるのである。ふむ、志も、創造性も、あったものではない……。ところが、小池さんは、そんなふうに「身を固める」どころか、日々前進し、自己刷新を続け、バージョンアップしている！　これはすごいことだ！　というのが、短編集『夏の吐息』と出会った私の発見であり、驚きだったのである。

この短編集のどこが新しいかは後述するとして、このさい、小池さんのキャリアをちょいと振り返ってみようではないか。私の世代――私は小池さんと同い年である――の者にとって、かつて小池真理子といえば、二十代半ばにして『知的悪女のすすめ』（一九七八年）を出し、華々しくデビューしたエッセイストにほかならなかった。それなら小池さんは早熟な書き手だったのだろうか。事実はまったくそうではなかったのだと思う。自分と同じ年頃の女の子が大ベストセラーを繰り出しているというので興味を惹かれ、当時私も『知的悪女のすすめ』を買った覚えがある。しかし、そこに書き連ねられていた文言には惹かれなかった。生意気さの底が浅いというか、はね上がり方に空恐ろしいところが感じられなかったからである。今読み返してみたらリアクションが異なるかもしれないが、当時は、いささかも感心しなかった。私がその後、あまりにも長いあいだ小池真理子さんの読者にならなかったのは、そのときのネガティヴな印象があとを引いていたからにほかならない。小池真理子＝『知的悪女のすすめ』という等式の強烈なあおりで、その後の彼女の作品まで敬遠してしまった（私同様に愚かな）団塊ないし団塊直後の世代の男性は意外に多いのではないだろうか。

ともあれ、『知的悪女のすすめ』の著者は実は早熟のすれっからしではなく、どちらかといえば歳相応の、まだ未知数の若い女性だったのにちがいない。近頃の老成した純文学系若手作家のように小さくまとまっていなかったことこそ、幸いであった。雌伏数年、一九八五年以降、小池さんは心理サスペンス小説を手がけ、メチエ（職業的技術）を身につけた作家として見事なカムバックを果した。その頃の彼女の活躍を私は少しも知らない。一九七〇年代の終わりにフランスへ渡って、その後十年ばかりも帰国しなかったからである。日本へ舞い戻り、しばらくして文芸翻訳を手がけるようになった頃、ふと気がつけば小池さんは、すでに『妻の女友達』（一九八九年）で日本推理作家協会賞を受けるなどし、ミステリー界で短編の名手と謳われていた。が、彼女の本当の非凡さは、そのまま上手なミステリー作家という看板に甘んじることをしなかった、いや甘んじることができなかった、というところにこそ見ることができる。のちのエッセイで、彼女は当時をこう振り返っている。「常に私の中には、これでいいのか、と思う気持ちがあった。面白い仕掛け、どきどきわくわくする物語、読者を引きつけてやまない複雑な構成、小説として取り上げるにふさわしいテーマ……どれほどそれらがうまく嚙み合って、完成度の高い作品が仕上がったとしても、私は一方で、これでいいのか、と思っていた」（『闇夜の国から二人で舟を出す』二〇〇五年）

九〇年代中頃、四十代を生き始めていた小池さんは、「『私』を描こう、描かなければならない、と強く」思う。自伝小説・告白小説・私小説を書くということではない。作品の外に身を置いて、職人が「からくり」を拵えるときのように作業台の上で物語を組み立てるのをやめ、自分自身がその中に実存しているような、真実の自己表現に重なるようなフィクションを書こうということだ。「ボヴァリー夫人は私だ」と言ったフローベルに倣おうとしたのだと言ってもよいだろう。そしてそのために小池さんは、実にまったく潔い決断を下した。「作品のテーマをエロスとタナトスに限定」するという決断だった。なぜか？　その後恋愛小説を次々に世に問うた彼女が、作家小川洋子との対談でずばり言ってのけている。「私は本質的なもの以外、全く興味がないんです。たとえば政治、経済、権力志向、そういう社会現象には全然興味がない。人間の本質的なことばかり繰り返し書いている。具体的に言えば、愛とエロス、そして死です」（『秘密』二〇〇六年）。こうして掘り起こされたのが、私見によればすでに一九九〇年に発表されていた長編『無伴奏』や中編『棺の中の猫』に垣間見ることのできたインスピレーションの鉱脈であり、そこから、直木賞作品となった『恋』（一九九五年）以降の諸作品が生み出されたのである。

当時早川書房で小池さんの担当だった編集者が、同社で私の翻訳書の世話をしてくれていた人でもあったので、その頃から私も、少しずつ小池さんの本に親しむようになっていった。一九八五年〜九五年のミステリーを遅まきながら読んで物語の技巧に舌を巻いた。『恋』以降の長編恋愛小説も大概は読んで、文章のクォリティの高さと、一つ事に打ち込む作家の豊饒（ほうじょう）さに感銘した。が、それでいて、一抹（いちまつ）のもどかしさを覚えたことも白状しなければならない。何がもどかしかったかというと、俗に「小池ワールド」といわれる世界から、少なくとも私には間歇（かんけつ）的にしか、あるいはあまりに間接的にしか、これこそ小池真理子という人が人間として生きている証しだなと感得できるような肉声が聞こえてこなかったのだ。見るからに綿密なプランと下絵にもとづいて細かく、隙間なく、丹念に織り上げられたタペストリーのような長編において、死を背景とする幻想的な、もしくは「浪漫的」な絵柄の下で、小池さん自身の実存のリアルと生の躍動が奇妙に封じられてしまっているような印象を、しばしば拭（ぬぐ）い切れなかったのである。

考えてみれば、『私』を描く」のは、そう簡単なことではない。そもそも、描かれる「私」は、描く「私」ではないだろう。それはすでに主体性から切り離され、客体化され、対象化された「私」であろう。そうだとすれば、その「私」が仮に赤裸々に描かれたところで、同じように赤裸々に描かれる「彼」や「彼女」とどう違うというのか。描かれた「私」から、声が聞こえてくるだろうか。首肯することはできない。文学作品の読者が聞きたいのは、そしてときには実際に聞き取り、はっとし、感動するのは、描かれた「私」ではなく、描く「私」の声である。書き手が、書くという、拘束に満ちていながら全面的に自由でもある不思議な冒険的行為の中で、けっして巧むことなく、ほとんど意識さえせず、何ものかに突き動かされるようにして、思わず、自然に発する声であり、言葉である。そんな声が、あるいは――本書所収『パロール』末尾の表現を借りよう――「無数の言葉をはらんだ沈黙」が読者に届くのは、著者が作品の設計者として作品をすみずみまで合理的に説明できるような超越的ポジションにいる場合ではない。そうではなくてむしろ、著者が、あくまで作品の考案者であり、設計者であり、製作者でありながら、それでいて同時に、自らの作品に取り憑かれ、捕らえられて、作品に内在してしまい、もはやすべてを知性でコントロールすること能わず、もはや完全には鳥瞰することのできない不透明な小説的現実の中で、ただ真なるものを目指し、正気に踏みとどまりながらも無我夢中で「書く」場合だ。そんなときにこそ著者は、むろん技術的にすぐれた書き手であることが前提条件であるけれども、人為的な企み(たくら)を超えたコミュニケーション力を持つのである。作中人物、とりわけ主人公が著者の操り人形ではなく分身になる、というだけでは十分でない。作中人物が自律性を獲得する、というだけでも、おそらく十分ではないだろう。著者が自らの実存をまるごと語り手に託し、さらには作中人物に託して生きるときに初めて、描く「私」が同時に描かれるのではないだろうか。

論より証拠。本書『夏の吐息』を、出版業界が小池真理子という売れっ子作家に貼り付けているレッテルやイメージ（「妖艶な」「耽美的な」、「官能的な」、「エロス匂い立つ」……）を全部引っ剝(ぱ)がして、虚心に読んでみてほしい。私の信じるところ、初版が二〇〇五年に出たこの短編集こそは、小池真理子という作家の最近の進化を示す結実であるとともに、新たな作風のメルクマールでもあるからだ。

まずは、本書に収められた短編小説がいずれも、技術的に申し分のない、プロの作品だということを確認しておかねばならない。小池さんは日頃からいみじくも、「短編はあくまでも、額縁に囲まれた一枚の絵でなければならない」と断言している（前掲『闇夜の国から……』等）のだが、実際、本書のどの作品をとっても、短編小説の